Sasha Filipenko

Der Schatten einer offenen Tür

ROMAN

Aus dem Russischen von
Ruth Altenhofer

Diogenes

Titel der 2020 bei Wremja, Moskau, erschienenen
Originalausgabe: ›Woswraschtschenije w Ostrog‹
Das Kapitel ›Zwölfter Gesang‹ enthält eine Erzählung
von Sasha Filipenko, die unter dem Titel ›Katarakt‹
bereits in ›kolik. Zeitschrift für Literatur‹, Wien, Nr. 2/22,
erschienen ist und die von Franziska Zwerg übersetzt wurde
Wir danken der Übersetzerin für die
freundliche Genehmigung zum Abdruck
Covermotiv: Illustration von Kawen Tan
›Light & Shadow 3‹
Copyright © Kawen Tan

Die Übersetzung wurde vom österreichischen BMKÖS
(Bundesministerium für Kunst, Kultur, öffentlichen Dienst
und Sport) gefördert

Der Diogenes Verlag wird vom Bundesamt für Kultur
für die Jahre 2021–2024 unterstützt

Für Mascha und Romka

Prolog

Es beginnt mit einem weißen Blatt Papier. Mühevoll wie Sisyphos kämpft sich der Minutenzeiger Richtung Zwölf. In dem kleinen karelischen Dorf, in dem der Herbst zu Ende geht und auch diese Geschichte, fällt seit dem frühen Morgen Schnee. Plus-minus ein Grad, die Temperatur tanzt um den Nullpunkt, und der Himmel verbreitet dämmriges Licht.

Am Ufer des großen Sees steht ein Haus. Braun gestrichen, zweistöckig. Darin sitzt ein Mann auf einem wackeligen Stuhl und starrt auf das Papier, greift aber nicht zum Stift. Ungeachtet all der Schreibwerkstätten, die so gut wie jeder Schriftsteller irgendwo anbietet, bleibt die aus einem Heft gerissene Seite leer – Alexander weiß nicht, was er schreiben soll.

Im Haus ist es still. Kaum hörbar knarzt der Boden unter den Sohlen der alten Frau. Alexander dreht sich um, sieht seiner Mutter beim Blumengießen zu, Topf um Topf, während der Vater auf dem

Teppich kauert und ein Puzzle zusammensetzt. Auf einem Bogen Velin sortiert er die zweitausend Teile nach Farben, erst mal alle weißen.

Der Morgen ist zäh und klamm. Genauso still könnte er sich fortsetzen, doch da steht Alexander auf. Ohne ein Wort an die Mutter geht er hinaus in den Flur, nur den Vater hat er flüchtig geküsst. Er schlüpft in die Halbschuhe, die für diese Gegend zu leicht sind, stößt die Tür auf und steht auf der Veranda. Der Sohn zündet sich eine Zigarette an, wirft durch die beschlagene Fensterscheibe einen Blick auf die Eltern. Er zieht den Kopf ein und scheint schon wieder hineingehen zu wollen, doch im nächsten Moment drückt er den an ein winziges Saxofon erinnernden Stummel aus und bricht in die entgegengesetzte Richtung auf. Steuert auf den See zu, wo gleich darauf das donnernde Echo eines Schusses vom Himmel widerhallt …

Erster Gesang

Mit einem Wattestäbchen im Ohr betrachtet der Revierinspektor den Vogelkäfig und grübelt. Sinniert, wie enorm bunt dieser Papagei ist. Alles im Raum – die ausgebleichte Fahne, das glanzlose Wappen, ja sogar die blassbraunen, neu gestrichenen Wände –, alles steht im Kontrast zu dem grellen Gefieder. Dieser Vogel ist so bunt, dass man ihn am liebsten mitsamt seinem Käfig aus dem Zimmer werfen würde.

Der Revierinspektor ist bekümmert. Schwere Zeiten stehen bevor. In diesen Breitengraden versteht der Winter keinen Spaß – das Klima ist hier forsch wie die Menschen. Sehr bald wird die Kälte hereinbrechen. In wenigen Tagen, denkt der Mann, werden die Rohre einfrieren und die Straßen sich in Eisbahnen verwandeln. Es wird auch dieses Jahr wieder Stromausfälle geben, und irgendein besoffener Depp wird in einer Schneewehe einschlafen. Seine Familie wird diesen albernen Tod künstlich aufblasen und Ermittlungen verlangen, und keiner wird sich auch nur ein Fünkchen freuen für das glückliche Rindvieh, dessen sinnloses Leben endlich vorbei ist. So grübelt der Revierinspektor, während ihm Petja Pawlow gegenübersitzt. Bedacht darauf, den Polizisten nur ja nicht zu stören, sieht der Junge zum Fenster hinaus und wartet, dass dem Himmel irgendwann der Schnee ausgeht.

»Hör mal, Petak«, der Inspektor kehrt plötzlich von seiner Gedankenreise zurück, »du kennst dich doch aus mit Vögeln, oder? Diesen Papagei hab ich schon eine Woche da stehen, kann ich ihn jetzt mal frei im Zimmer herumfliegen lassen?«

»Zu früh. Zuerst muss der Vogel lernen, dass der Käfig sein Zuhause ist.«

»Na schön. Und wenn ich ihn dann später ganz rauslasse, kommt er auch wieder zurück?«

»Eher nicht. Wahrscheinlich erfriert er, oder andere Vögel hacken ihn tot.«

»Aha … Er tut mir leid, weißt du. So hilflos. Klettert den ganzen Tag von einer Stange auf die andere, knabbert am Gitter. Wenn's nach mir ginge, wäre er längst erledigt. Glaub mir, wäre er nicht ein Geschenk meiner Tochter – ich hätte ihn schon abgemurkst! Hätte ihm den Hals umgedreht und ihn den Hunden im Hof rausgeschmissen!«

»Hunde dürfen keine Vogelknochen, die können sie nicht verdauen.«

»Auch wieder wahr …«

Nach dieser Beipflichtung versinkt der Revierinspektor wieder in Gedanken. So sitzen sie noch zwanzig Minuten da, bis der Beamte einschläft. Der Junge sieht ein, dass er besser ein andermal kommt, steht vorsichtig auf und stößt dabei versehentlich den Stuhl um. Der Revierinspektor schreckt hoch, reibt sich die Augen und merkt, dass dieser Pawlow ja wohl nicht grundlos da ist:

»Sag mal, Petja, was willst'n du eigentlich?«

»Ich will Anzeige erstatten.«

»Das hab ich schon kapiert, bin ja nicht blöd, aber was ist passiert?«

»Vor dem Café Bastille haben einige mir unbekannten Männer an unerlaubter Stelle geraucht.«

»Und?«

»Ich hab sie darauf aufmerksam gemacht …«

»Aha …«

»Und sie haben mich beschimpft.«

»Wie beschimpft?«

»Will ich nicht wiederholen.«

»Und was soll ich gegen sie geltend machen?«

»Grobheit!«

»Grobheit? Mein Gott, Petak, bist du extra gekommen, um ein paar Kerle anzuzeigen, die dich du weißt wohin geschickt haben? Polier ihnen die Fressen, und Ruhe ist!«

»Aber wenn wir alle einfach zuschlagen – wo führt denn das hin?«

»Zum Frieden, Petja, zum Frieden! Nur wer für seine Überzeugungen kämpft, kann den Krieg beenden! Die Menschen, Petja, die verhalten sich ja nur deswegen so verantwortungslos, weil sie ungestraft davonkommen. Hättest du ihnen eine reingehauen – glaub mir, sie wären gleich abgezogen!«

»Aber das darf man doch nicht! Das ist gegen das Gesetz!«

»Och, Petka, Petka …« Der Revierinspektor seufzt schwer, steht auf und öffnet die Oberlichte. Er reibt sich die Nasenwurzel, dreht sich eine Zigarette, spuckt eine Tabakfaser von der Zungenspitze und sagt müde: »Da züchten sie solche wie dich heran, Petja, und wir müssen's auslöffeln. Leuten wie dir müsste mal einer von klein auf erklären, wie beschissen die Welt ist! Nichts zu machen! Sieh dich um – was willst du hier verändern? Den Horizont? Die Wolken? Und trotzdem: Wir leben, und das gar nicht mal so schlecht! Nicht diese Typen bräuchten Erziehung, sondern du!«

»Aber ich bin doch im Recht!«

»Na ja, lokal vielleicht schon, Petja, aber nicht global!«

»Heißt das, Sie nehmen keine Anzeige auf?«

»Mhm.«

»Aha, dann schönen Tag noch!«
»Auch dir, Petja, gesund bleiben!«

Die Mütze auf, geht Petja hinaus. Bei genauerem Hinsehen fällt einem auf, dass an diesem unbeholfenen Menschen alles ein wenig aus den Fugen ist. Die Lippen ein bisschen dicker als normal, die Ohren stehen etwas zu weit ab. Würden Sie versuchen, ihn wirklichkeitsgetreu zu zeichnen, dann hielte man Sie entweder für ein Genie oder gäbe Ihnen wegen Unkenntnis der menschlichen Proportionen eine Vier.

Der Schnee fällt inzwischen noch dichter, er gleicht einer Wand. Petja lässt seinen Blick über die Provinzstadt schweifen, die sich bis zum Horizont erstreckt. Über die düstere Kulisse aus asymmetrischen Holzhäusern und grotesk emporragenden Plattenbauten, in denen die Nachbarn einander Zellengenossen und Aufseher in einem sind. Rechts der Wald, links der Friedhof und ein Bahnübergang. Ein paarmal am Tag halten hier Güterzüge an und versperren die einzige Zufahrt zur Welt der Toten.

Bei seinem alten Moskwitsch angekommen, stemmt Petja das Knie gegen die Tür, kriegt sie jedoch erst beim dritten Versuch auf. Die Warnlichter auf dem Armaturenbrett signalisieren ihm, dass der Magen seines Autos wieder Nachschub braucht.

Den Moskwitsch hat sich Petja nicht grundlos gekauft. Die öffentlichen Verkehrsmittel in Ostrog sind eine Katastrophe. Der Bürgermeister bemüht sich um private Sammeltaxis, die sich die meisten Einwohner aber nicht leisten können. Aus Mitleid hat Petja ein Gratistaxi gegründet und bringt dreimal die Woche, pünktlich zu Feierabend, die Ostroger von A nach B. Natürlich ärgern solche Tricks die Sammeltaxifahrer, die Petja deswegen hie und da verprügeln, aber er nimmt es ihnen nicht wirklich übel.

›Brave Männer, sie müssen ja ihre Familien ernähren‹, denkt er.

Nach dem Tanken steigt Petja aufs Gas, doch da merkt er, dass er schon wieder den Schlauch in der Tanköffnung hat stecken lassen. Das ist ihm schon einmal passiert. Er holt das letzte Geld aus dem Portemonnaie und geht fügsam zur Kasse. Darauf gefasst, wie beim letzten Mal angeschrien zu werden, legt er gesenkten Blickes einen Geldschein hin, hört jedoch zu seiner Verwunderung eine freundliche Stimme:

»Schon gut, Petka, war erst das zweite Mal bei dir. Macht nichts! Einer von den Gemeindearbeitern ist schon viermal mitsamt dem Schlauch losgefahren. Da fragt man sich doch, wie man so einem die Kanalisation anvertrauen kann?«

Noch in der Hofeinfahrt muss Petja lächeln. Er findet, er sollte zum Dank einmal die Zapfsäule putzen. Aber das kann auch warten, ganz im Gegensatz zu seinem Plakat.

Petja geht in die Küche und öffnet den Kühlschrank. Alle Fächer sind leer. Er hatte ja vorgehabt, einkaufen zu gehen, aber wegen der heute erlebten Grobheit hat er das komplett vergessen. In der vergeblichen Hoffnung auf irgendetwas Essbares durchwühlt er alle Schubladen und schaut auf dem Fensterbrett nach, aber sogar Reis und Instantnudeln sind aus.

Die Jacke wieder an, geht Petja hinaus Richtung Laden. Die Gewitterwolken verziehen sich, und die Gefiederten sind im Dunkeln verschwunden. An ihre Stelle treten Orion und der Fuhrmann, und jetzt strahlen die Sterne so hell, dass Petja ganz warm wird ums Herz.

Im Laden würde er seine Freude gerne teilen, weswegen er die Mütze zieht und voller Sanftmut grüßt:

»Guten Abend!«

Die Frau lässt ihre Nase in der Zeitschrift *Yachten und Kutter* stecken – woher auch immer sie die haben mag.

»Guten Abend!«, wiederholt Petja.

»Was brüllst du denn so, Pawlow? Ich sperre

in einer Minute zu – beeil dich, wenn du was brauchst!«

»Ich brülle nicht, ich grüße!«

»Noch mal, du hast noch eine Minute! Brauchst du was?«

»Zuerst einmal, Frau Galja, hätte ich gern, dass Sie mich zurückgrüßen!«

»Wieso glaubst du, dass ich verpflichtet bin, dich zu grüßen? Steht das etwa irgendwo? Zahlst du mir was dafür? Mach schon, einen Zehner für ›'n Abend‹! Wenn du was kaufen willst – tu das! Aber wenn dir jemand was angetan hat, Petetschka, dann lass deine Wut nicht an mir aus!«

»Wie kommen Sie denn auf Wut? Niemand hat mir was angetan! Ich will nur, dass Sie mich grüßen, und dann würde ich Ihnen von den Sternen erzählen!«

»Und wenn ich das nicht will?«

»Was heißt, nicht will? Wieso – nicht wollen? Das sind doch die Grundregeln des Anstands!«

»Weil du ja so anständig bist, was? Ist es etwa anständig, andere Leute zu belehren? Hast du überhaupt eine Ahnung, wie viele Kunden ich hier täglich bedienen muss? Soll ich die etwa alle grüßen?«

»Frau Galja, wenn Ihnen Ihre Arbeit nicht gefällt, dann kündigen Sie doch! Ich verlange von Ihnen nichts Übernatürliches, aber man kann doch wohl einen Menschen grüßen, der zum Einkaufen kommt?«

»Hör mal, Petja, mir reicht's dann auch mal! Willst du was kaufen, dann jetzt! Wenn nicht – raus mit dir!«

»Na gut, dann geben Sie mir bitte das Beschwerdebuch!«

»Das was?!«

»Das Beschwerdebuch!«

»So was haben wir noch nie gehabt! Du bist der Erste, der hier was auszusetzen hat!«

»Na gut, dann geben Sie mir bitte vier Packungen Nudeln, einen Sack Trockenkringel und dieses karierte Heft da.«

»Wozu brauchst du das Heft?«

»Ich mache Ihnen ein Beschwerdebuch!«

Frau Galja legt das Gewünschte betont langsam auf den Ladentisch. Mit dem Kugelschreiber, den er auch gleich dazugekauft hat, malt Petja vier rote Wörter auf den grünen Umschlag: *Für Anregungen und Beschwerden.* Auf der ersten Seite hinterlässt er vor den Augen der verblüfften Verkäuferin ein ausführliches Feedback. Der Kunde fordert Respekt und die Einhaltung elementarer Umgangsformen. Als er fertig ist, überreicht Petja das Heft der Verkäuferin, packt seine Waren in sein Einkaufsnetz und geht. Als Frau Galja sicher ist, dass Pawlow weit genug weg ist, reißt sie die erste Seite heraus, behält aber das Heft. Womöglich kann ein Heft *Für Anregungen und Beschwerden* ihrem Laden mehr Ansehen verleihen.

Nach dem Abendessen macht sich Petja ans Werk. Er beschwert einen Bogen Velin mit vier Büchern: *Fahrenheit 451, Einer flog über das Kuckucksnest, 1984* und *Nimmerklug in Sonnenstadt,* nimmt einen Pinsel zur Hand, tunkt ihn in die Wasserfarbe und schreibt die am Morgen erdachte Losung:

Fabrikenschlot bringt Vogeltod!

Zweiter Gesang

Nach sieben Jahren Zuchthaus in Ostrog erfindet sich Arkadi Baumann neu, sucht sich spaßeshalber diesen Namen aus und baut sich ein neues Leben auf – gleich hier in Ostrog. Jahrelang hat er die vergitterte Steppe betrachtet und irgendwann beschlossen, dass diese ganze Region, alles, bis zum Horizont, eines Tages ihm allein gehören würde. So kommt es auch. Experimentierfreudig baut der Ex-Häftling auf herrenlosen Feldern hektarweise Baumwolle an, und während die Ostroger noch behaupten, dass das nie was werden könne (immerhin eine riskante Gegend für den Ackerbau), erntet Baumann viertklassige Baumwolle, und sein Geschäft beginnt zu blühen. Genau genommen geht es so steil bergauf, dass Baumann eine Hygienewarenfabrik gründet und mit der Zeit fast alle Immobilien von Ostrog aufkauft. Und dann wird er, ohne es selbst so richtig mitzubekommen, Bürgermeister der Provinzstadt, zuerst nur inoffiziell, aber bald auch durch eine Wahl legitimiert. Die Ostroger lieben ihren Baumann, und dass er jetzt da, wo der tote Wald steht, eine weitere Fabrik hinbauen will, das finden sie alle klasse – alle außer Petja.

Die alten, morschen Bäume dienen vielen Tieren als Lebensraum. Die Spechte klopfen Höhlen in die Stämme, in denen auch Kohlmeisen, Blaumeisen und Käuzchen nisten. Weil Petja nur zu gut weiß, was für einen unheilbaren Schaden eine Fabrik in der Natur anrichtet, will er allen Ostrogern erklären, dass in dem alten Wald auf keinen Fall gebaut werden dürfe. Zu seiner Verwunderung muss er jedoch feststellen, dass das Schicksal der Vögel keinen interessiert.

»Sag mal, Petja, was willst du denn? Hier kämpfen die Leute seit Jahrzehnten ums Überleben! Wer aus dem Knast entlassen wird, sitzt jahrelang arbeitslos herum! Und für Heimkinder wie dich gibt es erst recht keine Arbeit, das weißt du selbst am besten. Und du kommst uns mit dem toten Wald? Jetzt, wo einmal in hundert Jahren neue Arbeitsplätze geschaffen werden sollen?«

»Denkt ihr gar nicht daran, dass die Nistgebiete vom Dreizehenspecht bis hier herüberreichen?«

»Von wem bitte?«

»Vom Dreizehenspecht! Das ist eine äußerst seltene Art!«

»Du bist selber eine seltene Art, Petja! Mach dich mal lieber an die Arbeit!«

Als Petja erfährt, dass Baumann am Samstagmorgen das Totholz besichtigen will, malt er ein Plakat und macht im Morgengrauen das, was man in Moskau einen Einzelprotest nennt.

Beim Anblick des Demonstranten sagt der Bürgermeister nichts. Als Ex-Häftling ist er kein Freund der vielen Worte. Er handelt lieber, als er spricht. Ist ein Mann der Tat, der Gespräche ohne Gruß beginnt und ohne Abschiedsfloskeln beendet. Seine Äußerungen bestehen großteils aus Verben, die meisten im Imperativ. Die Worte fallen entweder aus ihm heraus (wenn ihm sein Gegenüber egal ist) oder schlagen knallhart zu wie Peitschenhiebe. Für Baumann gibt es nur zwei Kategorien von Menschen: nützliche und unnütze.

»Zeig her!«, befiehlt er.

Kaum hat er das Plakat in der Hand, lässt er los, und es fällt in den Schnee. Baumann hat kein Interesse an Petjas Kritzelei. Der tote Wald gehört längst ihm, die Pläne sind fertig, und akkurat in diesen Minuten sind die Bauleiter dabei, die Arbeiter in Busse zu verfrachten. Baumann wendet sich ab und wirft dem Jungen zum Abschied hin:

»Zieh Leine!«

Petja sieht dem Bürgermeister und seinen Gehilfen hinterher und kapiert, dass das kein Blitzkrieg wird. Baumann lässt sich nicht so leicht unterkriegen. Angesichts des beeindruckenden Trupps von willigen Beratern sieht Petja ein, das Projekt kann nur gestoppt werden, wenn ganz Ostrog dagegen protestiert.

Er hebt das Plakat auf und plant eine Expedition durch die Nachbarschaft. Schnell rennt er zu seinem Moskwitsch, denn er darf auf keinen Fall Zeit verlieren.

›Wie gut, dass heute Samstag ist‹, denkt er. ›Wie wunderbar, da kann ich gleich ganz viele erreichen!‹

»Hallo, Herr Inspektor? Guten Tag! Ja, ja, hier Petka, Petja Pawlow! Ja! Haben Sie eine Minute für mich? Herr Inspektor, Sie wissen, dass der Bürgermeister eine Fabrik bauen will? Das ist Ihnen bekannt, ja? Na ja, und ich rufe Sie nun an, um Ihnen zu sagen, dass er das auf keinen Fall tun darf! Was? Sie hören mich schlecht? Was? Warum er das nicht darf? Ich sage Ihnen, warum! Und zwar, weil in der Natur, wie Sie doch sicher wissen, jedes Element seinen Sinn hat, das Leben genauso wie der Tod. Hallo? Hallo, Sie reißen ab! Hören Sie mich? Ich sage, jedes Element, das Leben genauso wie der Tod, alles hat seinen Sinn! Man darf den Wald nicht daran hindern, so zu sterben, wie er muss, hören Sie? Der Wald muss welken, modern und zur Nahrungsquelle für Insekten werden. Was? Wieso hören Sie mich so schlecht? Na ja, ich steh hier an der Straße, mitten in der Wiese, komme gerade vom Wald! Herr Inspektor, ich sage Ihnen, der Wald muss sich zersetzen und auflösen, verstehen Sie? Wir haben nicht das Recht, uns in den natürlichen Kreislauf einzumischen, das bringt Unglück! Gleichgewicht, Nachhaltigkeit und Selbsterneuerung – das ist es, was der Wald braucht! Verstehen Sie, Herr Inspektor, der Wald muss auf natürliche Weise sterben! Hören Sie mich? Auf natürliche Weise! Wenn schon Bäume fällen, dann besser die lebenden! Was? Doch, doch, ich meine die lebenden, jawohl! Weil sie dichter und saftiger sind, finden Insekten darin keine Heimstatt. Aber ein toter Baum ist ein reicher Nährboden! Verstehen Sie? Haben Sie mich jetzt gehört? Das ist sehr wichtig, Herr Inspektor! Sehr wichtig! Ein toter Baum beherbergt so viel Leben, wie ein lebender Baum nie unterbringen kann! Hallo! Hallo! Was? Was sagen Sie? Mit diesem Scheiß? …«

Petja dreht den Zündschlüssel, das Auto grummelt und rollt Richtung Stadt. So beginnt sein Widerstand gegen Ostrog. Einer aus dem Waisenhaus gegen mehrere Tausend Einwohner. Zur Rettung des Waldes wird er jeden Einzelnen überzeugen müssen.

Gleich am nächsten Morgen beginnt Petja, von Haus zu Haus zu gehen und offene Briefe zu schreiben. Ein paar an die Kreiszeitung, zwei in die Hauptstadt. Natürlich werden Petjas Texte nicht publiziert und nicht einmal gelesen, aber er denkt gar nicht ans Aufgeben. Auf verlassenen Betonwänden wiederholt er in großen schwarzen Lettern seine Parole: *Fabrikenschlot bringt Vogeltod!* Als die Schriftzüge aufzufallen beginnen (was in einer Kleinstadt nicht lange dauert), erinnert sich der Revierinspektor daran, dass er sich den Dorftrottel noch einmal vorknöpfen wollte.

»Hör mal, Petak, wofür machst du denn diesen ganzen Krach, hm? Seit Tagen ist die Stadt in Aufruhr! Bist doch ein kluger Junge, das wirst du doch verstehen. Musst du dem Baumann wirklich Steine in den Weg legen, was?«

»Die Fabrik darf nicht gebaut werden!«

»Du bist ein komischer Kauz! Tust so korrekt, kämpfst für den Umweltschutz, dabei rollst du selber Wattestäbchen! Weißt du etwa nicht, wie die die Weltmeere verschmutzen?«

»Natürlich weiß ich das! Das macht mir auch Sorgen! Jeden Tag, wenn ich mich ans Fließband setze, packt mich der Zweifel! Ich verspreche Ihnen, sobald ich einen anderen Job finde, verlasse ich die Fabrik!«

»Pfui, Petka, was läuft denn nur falsch bei dir? Was bist du denn so dogmatisch? War doch nur ein Witz! Brauchst doch keinen neuen Job! Und so einen Deppen wie dich nimmt auch keiner außer Baumann! Solltest ihm eigentlich dankbar sein! Du verdankst ihm dein Brot! Und gar nicht wenig! Jetzt hast du mal deine Meinung gesagt, hast dein Plakat präsentiert, und ich bin sicher, der Baumann hat dich gehört. Ist ja ein progressiver Mensch, hat lange gesessen, hatte Zeit nachzudenken. Und er hält ganz bestimmt alle Umweltschutzauflagen ein. Was willst du also noch, hm?«

»Wie gesagt, es geht nicht um Auflagen, sondern darum, dass die Fabrik überhaupt nicht gebaut werden darf!«

»Du bist doch nur sauer, weil die Leute ihn toll finden und dich nicht. Gib doch zu, Petja, es wurmt dich, dass einer aus dem Knast Gutes tun kann. Na komm, gib's zu! Bist du eifersüchtig? Bist doch eifersüchtig, stimmt's? Aber da brauchst du doch nicht eifersüchtig zu sein, Petja! Lass doch mal! Und schau nicht von oben herab auf den Baumann. Ja, er war im Bau, war viele Jahre hinter Gittern, aber er hat seine Strafe abgesessen! Der Baumann hilft uns allen! Während du dir Sorgen um die Piep-mätze machst, versorgt er die ganze Stadt mit modernen Klosetts! Verstehst du, ich bin mein halbes Leben rausgegangen zum Scheißen! Vielleicht verdanke ich es überhaupt ihm, dass ich mich mit vierzig zum ersten Mal wie ein richtiger Mensch fühle!«

»Wie wenig Sie brauchen, um sich als Mensch zu fühlen …«

»Vielleicht ist es wenig, Petja, aber ich weiß, was es ihn gekostet hat!«

»Aber die Fabrik führt in die Katastrophe!«

»Und in was für eine?«

»Die Vögel verschwinden!«

»Zum Teufel mit den blöden Vögeln!« Von Pawlows Sturheit platzt dem Revierinspektor der Kragen, er haut mit der Faust auf den Tisch. »Sollen sie sich doch alle heute noch scharenweise verpissen! Ich hab hier schon einen Vogel im Käfig, was interessieren mich die im Wald?!«

»Sie sollten nicht so …«, setzt Petja an. »Wissen Sie zum Beispiel, dass in Regionen, in denen mehr Störche leben, die Geburtenraten höher sind?«

»Sehr witzig!«

»Es stimmt aber! Eine wissenschaftliche Studie hat gezeigt, dass da, wo Störche nisten, die durchschnittliche Geburtenrate höher ist als im Rest des Landes.«

»Und wie hängt das zusammen?«

»Gar nicht, aber es ist eine Tatsache.«

»Ja, ja, kein Zusammenhang, aber eine Tatsache. Willst du Tatsachen? Willst du Tatsachen, Petja, ja? Tatsache ist, dass wir nur das Papier verschwenden mit dir! Wir haben alle die Schnauze voll. Du bist für uns nichts als ein Hofnarr. Läufst hier rum und ziehst allen die Gedärme durch die Nase. Aber Tatsache ist, Petja, Tatsache ist, dass der Baumann sogar jetzt, während du hier sitzt und dich bei mir über ihn beschwerst, gerade dabei ist, für alle unsere Heimkinder eine Reise ans Meer zu organisieren.«

»An was für ein Meer denn jetzt wieder?«

»Ans richtige, echte Meer! Während du die Leute zum Streik aufrufst, tut Baumann Gutes und lässt alle Kinder nach Griechenland fliegen!«

»Im Ernst?!«

»Ja!«

»Aber das darf man nun wirklich auf keinen Fall tun!«

»Ach, du! Auch das soll man also nicht dürfen! Irgendwie bin ich gar nicht überrascht, Petja. Ist dir das selbst nicht zu dumm, hm? Dies darf man nicht, das darf man nicht! Keine Fabriken bauen, keine Kinder ans Meer schicken …«

»Genau, auf keinen Fall!«

»Darf ich dich Schlaumeier mal fragen, warum denn nicht?«

»Ist Ihnen das nicht selbst klar?«

»Nein, ob du's glaubst oder nicht!«

»Nehmen wir zum Beispiel einmal den Löffel-strandläufer ...«

»Was für einen Scheißlöffelläufer jetzt wieder?!«

»Der Löffelstrandläufer, eine seltene Vogelart, lebt in Tschukotka ...«

»Und?«

»Er pflanzt sich in Russland nur sehr schlecht fort. Eine Zeit lang war der Vogel fast am Ausster-ben, da beschlossen Ornithologen, ihn nach Eng-land zu bringen, sozusagen unter bessere Bedin-gungen. Die Fachleute dachten, dort würde er sich wohler fühlen, aber daraus wurde nichts! Tote Eier, verstehen Sie?«

»Herrgott noch mal, Petja, was ist das für ein Käse? Wieso Fortpflanzung? Was für Löffelläufer? Was haben die mit uns zu tun? So, es reicht, man muss wissen, wann's genug ist! Bist ja ein guter Junge, aber manchmal kommt mir vor, dein Kopf ist nicht dein bester Freund. Ich hab mir das lang genug angehört, ach was, alle hier haben dich lang genug ausgehalten, aber irgendwann ist Schluss. Du wirst jetzt schön nach Hause gehen und mal ganz still über dein Verhalten nachdenken, verstanden?«

»Aber ich wollte Ihnen noch erklären, wie …«
»Marsch, ab nach Hause, wird's bald!«

Und Petja nimmt seine Mütze und geht. Die neue Nachricht macht ihn sprachlos. Mitten auf der Straße bleibt er stehen und versucht, das Gehörte zu verdauen: »Eine Reise … ans Meer … Katastrophe …«

Nicht nur die Nachricht, auch die Taubheit des Inspektors verstört Petja. »Versteht er nicht, dass das nichts Gutes bringt? Wie konnte er den Löffelstrandläufer einfach so ignorieren?«

Petja schnieft, beißt sich auf die Lippen. Die Zeit drängt, so viel ist klar. Offenbar muss sein Kampf um den Wald jetzt eine Weile warten.

»Wenn der Baumann sich die Kinder vornimmt, dann fliegen sie schon bald ans Meer … Jetzt heißt es, schnell und sicher handeln, vielleicht sogar radikal …«

So geht Petja auch vor. Trotz der Ermahnung des Inspektors hört er nicht nur nicht auf, sondern geht sogar zum Gegenangriff über. Überzeugt, dass die Fahrt ans Meer direkt in die Katastrophe führt, sucht er sogleich die Leiterin des Waisenhauses auf, dessen Zögling er selbst einmal war.

»Ljudmila Antonowna, Sie müssen diese Reise ablehnen!«

»Freiwillig auf einen Gratisurlaub verzichten? Petja, hast du sie nicht alle?«

Weil er bei den Erwachsenen nicht durchkommt, versucht es Petja bei den Kindern. Eines nach dem anderen bringt er sie zum toten Wald und bittet sie, vernünftig zu sein:

»Was spielst du denn da, Rin?«

»*Angry Birds* heißt das … Guck mal, Onkel Petja, die Vögel sind die Kanonenkugeln, mit denen schießt man die Schweine ab …«

»Und das macht Spaß?«

»Na klar!«

»Aha. Hör mal, ich wollte dir was sagen …«

»Was denn, Onkel Petja?«

»Wegen der Reise nach Griechenland …«

»Das weißt du also schon, ja?«

»Ja …«

»Toll, nicht wahr?«

»Jetzt mach doch mal das Spiel aus, Rin!«

»Hey, aus der Hand reißen gilt nicht, Onkel Petja!«

»Von mir aus, aber du glotzt die ganze Zeit auf dein Display und siehst die echte Welt nicht!«

»Okay, okay, kein Grund, so auszurasten.«

»Stimmt, ist kein Grund. Und es gibt auch keinen Grund, nach Griechenland zu fliegen!«

»Wie meinst du das?«

»Du hast dort nichts verloren und basta!«

»Aber alle fliegen mit …«

»Selbst wenn, dann weigere du dich! Sei der Erste! Geh mit gutem Beispiel voran, vielleicht folgen dir die anderen und tun auch das Richtige!«

»Aber wieso denn? Sogar die Vögel fliegen in den Süden.«

»Die Vögel ziehen in den Süden, weil sie das jedes Jahr tun können …«

»Was soll das heißen?«

»Genau das, was ich sage!«

Es ist noch schlimmer als mit den Erwachsenen. Die Kinder hören nicht zu. Immer wieder scheitert Petja daran, die richtigen Worte zu finden. Keiner verschließt die Ohren so fest wie ein glücklicher Mensch. Ein euphorischer Mensch ist trunken und taub und – übrigens genauso wie ein unglücklicher Mensch – unfähig, sich auch nur irgendetwas sagen zu lassen. Mit dieser Erkenntnis beschließt Petja: Seine letzte Chance ist Baumann.

»Ich weiß nicht, wozu er diese große Geste braucht, keine Ahnung, was ihn dazu motiviert, aber eines weiß ich bestimmt: Die Kinder dürfen auf keinen Fall fliegen!«

Ein letzter Hoffnungsschimmer. Petja ist so besorgt, dass er sogar kompromissbereit wird.

›Von mir aus‹, denkt er, ›wenn's unbedingt sein muss, sollen sie ihre Fabrik eben hinstellen, wenn sie dafür nur die Kinder in Ruhe lassen!‹

Ein paar Tage lang bemüht sich Petja um ein Treffen mit Baumann, erreicht aber nichts. Mehr noch, als die Heimleiterin dahinterkommt, dass Pawlow in ihr Waisenhaus eindringt und mit ihren Schützlingen spricht, wird sie wütend und bittet ihren Freund, den Revierinspektor, das Bürschchen zur Vernunft zu bringen. Als Petja spätabends auf dem Heimweg ist, stürzt sich jemand in der Dunkelheit auf ihn und schlägt ihm mit einem Stein die Vorderzähne aus.

Benommen fällt Petja mit dem Gesicht in den Schnee, und bevor er das Bewusstsein verliert, denkt er gerade noch, dass das alle sehr bereuen werden …

Dritter Gesang

Alexander Koslow tritt die spontane Dienstreise nicht alleine an. Als Ballast bekommt er einen frischgebackenen Unterleutnant der Justiz an die Hand. Ohne auch nur einen Tag mit Ermittlungen verbracht zu haben, erfüllt dieses kurz geschorene Jüngelchen bereits das Klischee eines Detektivs: karierte Hosen, tailliertes Hemd und die in solchen Fällen unverzichtbare Herrenhandtasche.

Den Begleiter verdankt Koslow seinem Vorgesetzten. Der hat ihn zu sich gerufen, ihm die Sachlage erklärt und hinzugefügt, es gebe da wen, der bräuchte Hilfe beim ersten Mal.

»Mach ich …«, hat Koslow einfach gesagt.

Er hat keine Lust auf Ostrog. Erstens muss er deswegen andere Fälle delegieren, und zweitens ist er alles andere als begeistert von der Aussicht, den dortigen Beamten den Hintern zu putzen. Außerdem war er schon mal in Ostrog. Wenn er an diese hermetische Kleinstadt zurückdenkt, fällt ihm wieder ein, wie wenig dieser gottvergessene Ort zu bieten hat. Vor Jahren hat er in einer großen Ermittlergruppe den dortigen Bürgermeister hinter Gitter gebracht, und seine Erinnerungen daran sind wahrlich nicht angenehm. Obwohl der Mann mit gutem Grund verhaftet wurde (er hatte sich de facto die ganze Stadt untertan gemacht), war klar, dass für seine Amtsenthebung nur deswegen grünes Licht gegeben wurde, weil er Moskau missfiel.

Nun ist Koslow auch noch krank, seit ein paar Wochen plagen ihn die Folgen einer komplizierten Angina. So ist das Fliegen kein Vergnügen. Leise flucht er vor sich hin. Und weiß zugleich sehr gut, warum dieser Auftrag ausgerechnet bei ihm gelandet ist.

»San Sanytsch«, hat ihm der Chef beim Hinausgehen noch nachgerufen, »du weißt ja selbst, was man sich in letzter Zeit so über dich erzählt. Also zeig mal, was du kannst!«

Als Veteran des Tschetschenienkriegs, der Odyssee 2.0, hatte Koslow einen guten Stand. Weder machte er sich wichtig noch legte er seinen Kollegen Steine in den Weg. Er verstand die Spielregeln, und wenn es ein heißes Eisen gab, stellte er keine lästigen Fragen. Koslow war pünktlich, pflichtbewusst und vielseitig bewandert. Jedem seltenen Verbrechen fand er einen Zwillingsbruder.

»So etwas ist schon mal passiert«, erinnerte er sich dann gleichmütig, »aber nicht bei uns, sondern in Griechenland.«

Nach den Gräueln des Kriegs widmete Koslow sich eine Zeit lang ausschließlich Finanzdelikten, doch bald nach seiner ersten Dienstreise nach Ostrog bat er um Überstellung in die Mordabteilung. Dort löste er im Handumdrehen einige jahrelang ungeklärte Fälle, aber dann geriet seine Karriere ins Stocken. Fast täglich unterliefen ihm Fehler, und während die Kollegen noch rätselten, was den talentierten Spürhund so verändert hatte, war Koslow der Grund dafür sonnenklar – es lag an seiner plötzlichen Trennung.

Nach seiner Rückkehr aus Ostrog hatte seine Frau (Richterin für Zivilrechtssachen) ihn in die Küche gerufen und ihm eröffnet, dass sie ihn nicht mehr liebte. Außerdem befand sie es für nötig hinzuzufügen, sie habe sich in einen Anwalt mit überaus reicher und zarter Seele verliebt. Dem erfahrenen Ermittler warf sie Gefühlskälte, Empathielosigkeit und *déformation professionnelle* vor.

»Dana, mein Liebes, vielleicht können wir das irgendwie in Ordnung bringen?«, fragte Koslow völlig vor den Kopf gestoßen.

»Zu spät«, beschloss die Richterin.

Die unerwartete Verlautbarung nahm dem

Kriegsveteranen allen Mut. Zum ersten Mal im Leben weinte er, zur großen Verwunderung seiner Frau. Noch am selben Abend packte er seine Sachen und zog in eine kleine Wohnung weit hinter dem dritten Verkehrsring. Dicht vor dem Schlafzimmerfenster ragte die Wand des benachbarten Plattenbaus empor, und Koslow fühlte sich wie in einem selbst verordneten Gefängnis. Innerhalb von zwei Wochen verlor er fünfzehn Kilogramm Körpergewicht, und als ihm nur mehr eine Flucht nach vorne helfen konnte, sammelte er seine letzte Willenskraft und bat seinen Vorgesetzten um Versetzung in die Mordabteilung. Koslow glaubte, dass die neue Aufgabe ihm helfen würde, sein Ehedrama zu bewältigen. Aber mit der Zeit begriff er, dass das eine leere Hoffnung gewesen war.

Sogar jetzt, Jahre später, spürt er, während er in Erwartung des Boardings nach Ostrog durch den Flughafen spaziert, einen dumpfen Schmerz. Obwohl die Trauer ihm immer wieder einen Vorsprung lässt, holt sie ihn doch schnell wieder ein, um ihn nie gänzlich loszulassen. Nach dem zehnten gestarteten Flugzeug verliert Koslow das Interesse an diesem Kunststück und beschließt, sich ein Buch zu kaufen. Er stöbert in einem Korb, der mitten in einem Buchladen steht und in dem Dutzende Titel wetteifern wie in einem Boxring. Alles durcheinander: Neben *Madame Bovary* und *Anna Karenina* liegen zwei *Granatarmbänder*, und ein paar Bände von Salinger dienen Marienhofs *Zynikern* und Shakespeares *Romeo und Julia* als Sockel.

»Was die bloß miteinander zu tun haben?«, fragt sich Koslow.

Er zieht die antiken Sagen aus Griechenland heraus, schreckt jedoch vor dem horrenden Preis zurück.

›Wahrscheinlich wirkt Flugangst gegen Geiz‹, überlegt er. ›Wieso sonst wären Passagiere damit einverstanden, eineinhalbtausend Rubel für ein Buch auszugeben, das es in der Stadt fünfmal billiger gibt?‹

Er legt die Götter zurück und kauft nur die Literaturausgabe von *Esquire*.

›Ein paar kurze Erzählungen für den Flug, mehr brauche ich nicht‹, denkt er.

Er bezahlt seine Zeitschrift und ist schon fast wieder aus dem Laden draußen, da entdeckt er eine Theaterkasse.

›So eine deplatzierte kleine Bude‹, findet er, ›die will ich mir doch näher ansehen.‹

Und das tut er auch. Er verschafft sich einen Überblick über die unzähligen Zettel, die – übereinandergeschichtet wie in einem Massengrab – an der Außenwand kleben, beugt sich zu seiner eigenen Überraschung zu dem Fensterchen hinunter und bestellt: »Zwei Karten für Poloskowa in der besten Kategorie.«

»Gute Wahl!«, flötet die Frau wie ein Kuckuck. »Die loben alle sehr! Noch jung, aber schon richtig berühmt!«

»Mir ist das ehrlich gesagt egal – meine Frau ist ein großer Fan …«

Koslow bezahlt und nimmt die Karten entgegen, fest entschlossen, seine Ex-Frau nach der Dienstreise zu diesem Lyrikabend auszuführen, um jeden Preis. Dieses Geschenk muss Dana doch einfach Freude machen!

Mit dem Kuvert in der Innentasche seiner Daunenjacke sucht Koslow nach dem Gate und bemerkt erst jetzt seinen jungen Kollegen.

»Leutnant der Justiz Fortow meldet sich gehorsamst zu Diensten!«, rattert der braun gebrannte Bursche mit selbstzufriedenem Lächeln herunter.

›Schuljunge‹, denkt Koslow und schüttelt ihm die ausgestreckte Hand.

»Na dann, fliegen wir heute mal Economy? Bin ich noch nie!«, ruft der Leutnant, sichtlich stolz auf diese Verkündung und so laut, dass es alle am Gate hören können.

›Einzeller‹, urteilt Koslow, sagt aber nichts.

Schon auf seinem Sitz und angeschnallt, legt Koslow die Zeitschrift auf den Klapptisch, liest aber nicht gleich. Er will noch die Talkshow über die Ereignisse nachschauen, derentwegen er jetzt auf dieser mühseligen Dienstreise ist. Er nimmt das Handy aus der Tasche, wischt mit der flachen Hand das Display sauber, tippt einen Suchbegriff ein und drückt auf das Dreieck. Als Erstes kommt Werbung ... noch eine ... und noch eine ... Dann beginnt das Video:

»In Moskau fällt heute den ganzen Tag Regen. Der Himmel lässt seinen Tränen freien Lauf und beweint mit uns allen die Kinder von Ostrog ...« Am liebsten würde Koslow gleich wieder ausschalten, aber dieses billige Pathos soll eben Frauen im besten Alter an die Bildschirme locken. Nach den üblichen honigsüßen Phrasen geht es endlich zur Sache. In einem knappen Überblick erklärt der Moderator dem Fernsehpublikum, dass in den letzten drei Wochen im Kinderheim von Ostrog drei Teenager Suizid begangen haben. Ein Mädchen und zwei Jungs. Einer nach dem anderen haben sie sich innerhalb weniger Tage aus dem Leben verabschiedet, aber keine Briefe hinterlassen. Während die Stewardess den Passagieren vormacht, wie man sich bei einem Druckabfall verhält, hört Koslow, was er ohnehin schon weiß: Teenager gehen in den Tod, aber niemand weiß, warum.

Das Flugzeug rollt auf die Startbahn, während der Sprecher beteuert, die Selbstmörder hätten gute Noten gehabt und seien (anscheinend) auch nicht von Mitschülern oder Pädagogen gemobbt worden. Seltsam. Schrecklich. Rätselhaft. Auf den Monolog folgt ein auf die Schnelle zusammengebastelter Filmbeitrag, in dem man die Korridore des Kinderheims, die leere Kantine und Basteleien aus Stroh zeigt. Dann einen armseligen Sportplatz und pyramidenförmig gestapelte Kopfkissen. Am Schluss der Einschaltung verspricht die Stimme im Off, dass bei der Aufklärung der Geschehnisse nun die Studiogäste helfen werden: eine Abgeordnete der Staatsduma (Applaus), ein Pop-Sternchen (Applaus), ein Psychologe (vereinzelter Applaus) und ein Meteorologe. Ihm wird das Wort als Erstes erteilt. Der nicht mehr ganz junge Mann warnt davor, nur ja nicht die Kraft der Natur zu unterschätzen, denn die Frühlingssonne sei zum Beispiel oft der Grund für Suizide.

Zwischendurch zoomt die Kamera ins Publikum: Alle hören gebannt zu und nicken. Einer wagt es sogar, abseits der Regieanweisungen in die Hände zu klatschen, aber solche Spitzen werden sofort ausgebügelt. Nach dem berühmten Meteorologen tritt die gänzlich unbekannte Abgeordnete auf. Sie meint, solche Dummheiten würden zu nichts führen, und ereifert sich: »Dass unsere Ermittler noch immer keine Drahtzieher und Hintermänner aufgedeckt haben, dass wir seit einem Monat auf die Nennung der Schuldigen warten, das sagt uns doch nur, dass hier Profis am Werk sind! Ich bin viel in der Provinz unterwegs, kenne etliche Waisenhäuser und weiß sehr gut, dass unsere Schützlinge keinen Grund zum Selbstmord haben! Sie leben unter idealen Bedingungen! Viele Dorfkinder können von so einem Leben nur träumen! Unsere Schützlinge haben alles – schöne Kleidung, gutes Essen, gemütliche Zimmer. Sie bekommen Besuche von Fußballstars und Schauspielern, kriegen ständig Geschenke! Ich habe selbst gesehen, wie ein Boxer sechzig nagelneue Smartphones verschenkt hat! Sechzig! Was wollen diese Kinder mehr? Somit habe ich nicht die geringsten Zweifel, dass hinter diesen Ereignissen Provokateure stehen!«

»Aber was könnten die damit bezwecken?«, fragt der Moderator mit einem Blick ins Drehbuch.

»Das kann ich Ihnen sagen!« Die Abgeordnete springt beinah auf, doch Koslow will ihre Antwort nicht hören. Er spult ein paar Minuten vor bis zu dem Punkt, an dem die Sängerin an der Reihe ist.

»Die würd ich knallen!«, tut der Justizleutnant mit einem Blick auf das Handy des Ermittlers kund.

Ohne auf diese Vertraulichkeit zu reagieren, tippt Koslow auf die vollbusige Dame, die ebenfalls sogleich vermeldet, dass sie häufig in provinziellen Kinderheimen auftritt. Sie betont, dass die vaterländischen Kinder (genau so nennt sie sie) am besten von allen auf der ganzen Welt leben. Bei der Gelegenheit dankt sie dem Präsidenten für alles, was er für die junge Generation tut, und schlägt vor, ihr jüngstes Lied über den Urlaub am Meer vorzutragen. Die Omas im Studio freuen sich. Im nächsten Moment wechselt das Licht, der Star betritt die improvisierte Bühne und fängt an zu singen:

Meer, ach du mein Meer –
voller Glück und ohne Misere!

Das Flugzeug beschleunigt; Koslow verstaut sein Handy in der Ablage und seufzt schwer, weil er nur zu gut weiß, was ihm bevorsteht.

Das Wasser regt sich – eins!

Vierter Gesang

Genau wie vor ein paar Jahren werden die Ermittler auf dem Flughafen von Revierinspektor Michail empfangen. Koslow kann sich gut an den gemütlichen Kerl erinnern. Zum Zeichen der damals geschlossenen Freundschaft holt Michail die Moskauer nicht mit dem Dienstwagen ab, sondern mit seinem Privatauto. Um zu ihm zu gelangen, müssen Koslow und Fortow durch eine Umzingelung von Amateurtaxifahrern. Wie lauter Charons halten sie ihre klappernden Schlüssel hoch und blöken, von einem Bein aufs andere tretend, monoton und wie im Chor: »Auf die andere Seite, ein Taxi auf die andere Seite ...«

Beim Schild »Toiletten« bittet Koslow sich etwas Zeit aus. Er schließt sich in der Kabine ein, knöpft sich die Hose auf, aber nicht zum Wasserlassen. Mit geschlossenen Augen fasst er an seinen Schwanz und denkt dabei an seine Frau. Wenn er Dana wirklich liebt, dann darf er auch beim Onanieren nur sie vor seinem geistigen Auge haben. Schüler und Soldaten suchen die Toilette auf, aber Koslow beachtet sie nicht. Die Gürtelschnalle mit der Linken abhaltend, erledigt er seine Angelegenheit möglichst schnell und lautlos.

»Na, wie war das Spiel?«, fragt Michail, als Koslow zurückkommt. Fortow irritiert die Frage, Koslow nicht mehr. Der erinnert sich an die merkwürdige Ausdrucksweise des hiesigen Revierinspektors und antwortet gelassen: »Alles bestens, Mischa, ohne besondere Vorkommnisse.«

Michail ist vierzig. Einst Aufseher im Ostroger Gefängnis, hat er längst jegliches Interesse an der Welt verloren und sich nach Jahren des Werteverfalls eine einzige, allumfassende Frageformel zugelegt. Als eingefleischter Fußballfan, der schon ewig kein Match seiner Lieblingsmannschaft im Stadion gesehen hat, will er immer wieder nur wissen:

»Wie war das Spiel?«

»In Russland waren Parlamentswahlen«, »Gestern waren wir bei den Petrows« …

»Und, wie war das Spiel?«

Ob Hochzeiten, Begräbnisse, Aufnahmeprüfungen, Impfungen, Konferenzen oder Feiertage – wovon auch immer die Rede ist, Michail betrachtet alles als Spiel und nimmt nichts ernst.

In dem winzigen Clio fühlt sich der groß gewachsene Koslow nicht wohl. Seit dem Flug spürt er ein Ziehen in den Kniegelenken und im Nacken. Bevor sie losfahren, holt er die Augentropfen hervor. Während er blinzelnd schnieft, cremt sich Fortow die Hände ein. Der Justizleutnant ist nervös, erwartet sichtlich ein großes Abenteuer. Er glaubt, an einem spannenden Ort gelandet zu sein – Koslow weiß, dass es anders ist.

Berufsbedingt ist er oft in solchen Kleinstädten, wie sie sich rund um Gefängnisse bilden. Sie ersticken an der Unendlichkeit des umliegenden Brachlands, sehen alle gleich aus, erinnern meist an Kerker ohne Wände. Die Realität wird hier ohne Narkose verabreicht, denn jedem ist bewusst, dass er dem grauen Alltag nicht entfliehen kann.

Auf dem Armaturenbrett bemerkt Koslow einen Aufkleber, den er noch vom letzten Mal kennt – rechts vom Lenkrad prangt das Wappen von Manchester United.

›Jedem seinen Gott‹, denkt er.

Endlich rollt der Wagen los, Michail dreht das Radio auf, und ein frühes Lied von Andrej Makarewitsch erklingt:

Die Hälfte geschafft, es ist nicht mehr viel,
und sich selbst zu belügen, wird leicht.
Nur Müdigkeit bleibt vom unnötigen Sieg,
wenn der morgige Tag nichts verheißt ...

Sie erreichen das Stadtzentrum am Nachmittag. An einer Kreuzung sieht Koslow im Licht einer Straßenlaterne die siamesischen Zwillinge streiten. Auch diese beiden sind ihm in Erinnerung geblieben, Vera und Ljubow – die einzige und eine richtige Sehenswürdigkeit von Ostrog.

»Sie erinnern sich, Alexander Alexandrowitsch?«

»Als ob man die vergessen könnte, Mischa ...«

»Seit Ihrer Abreise hassen sich die zwei Gören bis aufs Blut!«

»Wieso denn das?«

»Seit dem Anschluss der Krim werden sie sich nicht mehr einig. Eine ist für Russland, die andere für die Ukraine. Jeden Tag wird geschimpft und geschrien. Ljubow hat schon lauter Kratzer im Gesicht und Vera eine aufgeplatzte Lippe. Wir dachten alle, sie versöhnen sich noch, sind ja doch ein gemeinsames Ganzes, aber vorgestern hat Ljuba einen Antrag angeschleppt ... Sie will sich von ihrer Schwester trennen ...«

»Komplett bescheuert«, wirft Fortow grinsend ein und klopft sich Staub von den Hosenbeinen.

»Wie man's nimmt …«, antwortet Michail, sich am Arm kratzend, mit provinzieller Weisheit.

So entspinnt sich eine Unterhaltung. Obwohl allen im Auto klar ist, dass es derzeit nur ein Thema geben kann, erzählt der hiesige Ermittler absichtlich von anderen Dingen und lässt die Suizidserie außen vor:

»Wissen Sie noch, Alexander Alexandrowitsch, wir haben ja am Stadtrand, da, wo die Tankstelle ist, eine Altgläubigen-Kirche …«

»Kommt mir irgendwie bekannt vor, ja …«

»Ein blaues Dach hat sie, und daneben parken gern die Fernfahrer …«

»Ja, Mischa, ich glaube, ich kann mich erinnern …«

»Also, diese Altgläubigen-Kirche hat vorgestern gegen die orthodoxe Kirche einen Prozess verloren, und jetzt müssen die Gerichtsvollzieher die Reliquien des heiligen Athenogenes von dort holen und sie in unser Ostroger Zuchthaus bringen, in die Kapelle, verstehen Sie?«

»Und Baumann, apropos Zuchthaus, sitzt der jetzt dort?«

»Ja! Der ist längst aus Moskau überstellt worden. Dank Ihren Bemühungen sitzt er jetzt wie gewünscht näher an seinem Zuhause. Das war schon schlau, wie Sie uns damals alle an die Wand gespielt haben, Alexander Alexandrowitsch, ei, so schlau aber auch!« Michail grinst und sieht in den Rückspiegel. Koslow nimmt zur Kenntnis, dass man hier nichts vergessen und erst recht nichts vergeben hat.

»Und wussten Sie, dass bei uns hier am Platz der Freiheit vor vielen Jahren eine Zeitkapsel vergraben wurde …«

»Nein, Mischa, das wusste ich nicht …«

»In der Sowjetzeit haben Verbannte und Zwangsarbeiter eine Botschaft an die zukünftigen Generationen verbuddelt, und nächste Woche ist Stadtjubiläum, da wird sie der neue Bürgermeister öffnen. Dann werden wir sehen, was uns die Opas da vermacht haben …«

Eigentlich ein dankbares Gesprächsthema, doch Koslow antwortet nicht. Er sieht zum Fenster hinaus und wünscht sich so schnell wie möglich wieder nach Hause. Auf diesen Dorftratsch hat er keine Lust. Zudem spürt er jetzt schon, nach einer halben Stunde Autofahrt, wie jenes Beunruhigende und Unangenehme zurückkehrt, das er schon vor ein paar Jahren hier empfunden hat. Ein Vakuum ohne jegliche Energie.

Als sie vor dem Wohnheim des Innenministeriums ankommen, steigt Michail abrupt auf die Bremse und flucht:

»Scheiße! Scheiße! Scheiße!«

»Was denn, Mischa?«, fragt Koslow, mit beiden Händen an den Vordersitz geklammert.

»Da, gerade gemeldet – die Vierte …«

Das Wasser regt sich – zwei!

Fünfter Gesang

Zehn Minuten später erreichen sie den Ort des neuesten Suizids (wenn es denn einer war). Während sich Koslow der an der Mauer liegenden Leiche nähert, berichten ihm seine Kollegen, dass es wieder kein Motiv zu geben scheine, keinen Abschiedsbrief. Koslow betrachtet die Tote und fühlt sich an ein Kinderspiel erinnert, bei dem man erstarren und dabei ein Tier darstellen muss. Ihr Hals ist dünn und lang wie bei einem Schwan. Mit aufgerissenen Augen presst sie die Wange in die Erde, als lausche sie fremden Schritten. Ihr Gesicht sieht verwundert aus. Wahrscheinlich war sie eben noch verblüfft, wie schnell ihr Leben vorbei ist.

Während Koslow die Leiche begutachtet, muss Fortow erbrechen. Die Beamten feixen, und das frischgebackene Mitglied des Ermittlungskomitees tupft sich mit einem teuren Seidentüchlein die Lippen ab.

»Und, Jungens, nehmen wir von der Moskauer Kotze auch eine Probe?«, witzelt einer.

»Mach deine Arbeit!«, antwortet Koslow gelassen. Ein Ermittler, ein Fahndungsbeamter und ein Gerichtsmediziner. Ein Kriminalist und ein Hundeführer mit Hund. Michail befragt mögliche Zeugen und fixiert Tageszeit und Witterung im Protokoll. Er hält fest, dass die Begutachtung bei künstlicher Beleuchtung stattfindet, und bestimmt, dicht an das Gebäude gedrückt, die Koordinaten des Tatorts. Als der Kugelschreiber versiegt, holt er einen neuen hervor, um die Position der Leiche und ihre Kleidung genau zu beschreiben. Währenddessen macht der Kriminalist Fotos und Videos aus allen erdenklichen Perspektiven: Panorama und Übersicht, Teilübersicht und Detail, maßstabsgetreue Aufnahmen. Eifrig suchen sie nach Beweisstücken, sammeln alles ein, was sie nur finden. Der Hundeführer durchkämmt mit dem Hund das gesamte Gelände, und der Gerichtsmediziner bestimmt den ungefähren Zeitpunkt des Todes.

Aus den mageren Archiven seines Gedächtnisses kramt Fortow hervor, dass sie das Mädchen, sobald alle gesammelten Daten im Protokoll festgehalten sind, vollständig entkleiden müssen. Er weiß auch, dass sie ihre Kleidungsstücke sorgfältig in Kartons verpacken und auf deren Deckel Etiketten mit Angaben zu Objekt, Adresse, Datum und Namen kleben müssen. Der Ermittler, der Gutachter und zwei

Zeugen, erinnert sich Fortow, müssen diese Etiketten unterschreiben, und erst dann wird die Leiche zum Transport freigegeben.

›So wird's bestimmt gemacht‹, denkt er und folgt Koslow ins letzte Stockwerk hinauf.

»Was ist denn deine Version, Mischa?«, wendet sich Koslow plötzlich an den Kollegen.

»Selbstmord ...«

»Sehr witzig! Ich meine die Gründe ...«

»Gibt keine ...«

»Vier Kinder in einem Monat – und keine Gründe?«

»Alexander Alexandrowitsch, Sie fragen – ich antworte. Es gibt keinen Grund ...«

»Und welche Maßnahmen wurden ergriffen?«

»Glauben Sie etwa, ich werde Ihnen darüber Rechenschaft ablegen, gleich hier auf der Treppe?«

Koslow schweigt. Er sieht schon, er hat wieder mal den provinziellen Stolz verletzt. Seinen letzten Besuch hier hat man nicht vergessen. Bereitwillige Hilfe darf er von Michail keine erwarten.

»Hör mal, mein Freund, ich danke dir für deine bisherige Arbeit. Wirklich! Glaubst du, ich habe sonst nichts zu tun, als hier bei euch rumzuhängen? Bist doch ein schlauer Kopf, weißt ja selber, dass wir nur hier sind, damit das Volk sieht, dass die besten Profis engagiert worden sind ...«

»Sie strotzen ja vor Bescheidenheit, Alexander Alexandrowitsch ...«

Nichts provoziert einen Russen mehr als eine höfliche Anrede. Doch Koslow steckt diese Schmähung weg und wiederholt seinen Versuch:

»Glaubst du, ich weiß nicht, Mischa, dass ihr es auch ohne mich schafft, einen Sündenbock zu finden und die Heimleiterin in den Knast zu stecken?«

»Die muss nicht in den Knast«, antwortet Michail herausfordernd.

»Die Kinder bringen sich bei euch also um, wie's grad kommt?«

»Genau, einfach nur so! Hören Sie mal, ihr seid doch das Gehirn dieses ganzen großartigen Landes – dann strengt euch eben mal an! Unsereins ist ja so klein und dumm ...«

»Gut, jetzt beruhigen wir uns erst mal alle, und dann erzählst du mir, was bisher gemacht wurde ...«

»Na, alles wurde gemacht! Alles!«

»Habt ihr mit den Kindern gesprochen?«

»Ja natürlich! Hab ich selber gemacht! Mit jedem Einzelnen. Mit der, die da liegt, und mit den vorigen auch. Sie mussten sogar einen Aufsatz schreiben zum Thema ›Warum ich das Leben liebe‹ – gleich nach dem zweiten Fall haben wir versucht, die potenziellen Selbstmörder herauszufiltern. Ohne Erfolg, wie Sie sehen ...«

»Und die Pädagogen?«

»Denen sind wir so auf die Pelle gerückt, dass sie auch die Morde an Listjew und Nemzow zugeben, wenn nötig, aber nichts, was Hand und Fuß hat …«

»Aha …«

Koslow nickt verständnisvoll und klopft dem Kollegen freundschaftlich auf die Schulter. Dann inspiziert er das Fensterbrett, woraufhin plötzlich auch der pikierte Justizleutnant beschließt, seinen Senf beizusteuern:

»Wieso verriegelt ihr nicht einfach die Fenster?«

Michail sagt gar nichts, grinst nur. Koslow sieht schon, es ist an ihm, Fortow aufzuklären.

»Erstens ist es nirgendwo vorgeschrieben, die Fenster zu verriegeln, zweitens, an wen richtet sich deine Frage? Wer soll das tun? Wir sind in einem Waisenhaus, nicht in einem Verwöhnzentrum für Muttersöhnchen.«

»Und der Wächter? Die Erzieher? Die Stockwerkaufsicht?«

»Der Erste ist ausgebüxt und hat sich im Wald erhängt«, antwortet Michail grimmig. »Der Zweite hat sich beim Friedhof vor den Zug geworfen, die Dritte hat sich auf der Müllhalde die Venen aufgeschlitzt. Wie stellst du dir das vor, sie alle aufzuhalten?«

Eine rhetorische Frage. Gefolgt von Stille. Weil

es hier nichts mehr zu sagen gibt, zerrt Koslow Fortow am Ärmel und geht mit ihm die Treppe hinunter. Wieder bei der Leiche, erklärt er dem jungen Kollegen die zu ergreifenden Maßnahmen. Er kann sie auswendig, weswegen es klingt wie eine Vorlesung an der Universität.

»Fertig mit Kotzen? Hörst du mir zu?«

»Ja ...«

»Schau, als Erstes müssen wir herausfinden, ob sie tatsächlich vom angenommenen Punkt heruntergefallen ist. Das sehen wir daran, in welcher Position und welcher Entfernung von der Mauer der Körper liegt. Wir müssen untersuchen, ob die Leiche oder die Kleidung Schäden aufweisen, die von Hindernissen auf dem Fallweg herrühren können. Was der Fallweg ist, weißt du?«

»Ich glaube, das wurde uns mal erklärt, ja ...«

»Wurde mal erklärt ... Na, dann ist's ja gut, siehst du! Weiter ... Beim Begutachten der Umgebung beschreiben wir genau den Ausgangspunkt des angenommenen Falls: die Höhe vom Boden weg, ob es Geländer oder Absperrungen gibt, wie gut diese verankert sind, ob sich daran leicht lösliche Stoffe befinden, vor allem welche, die an der Leiche nachweisbar sind, ob ungesicherte Enden von Stromkabeln zur Bewusstlosigkeit geführt haben können, ob harte Gegenstände vorhanden sind, von denen

Verletzungen am Kopf herrühren könnten. Verstehst du, wozu wir das machen?«

»Ich glaube schon ...«, antwortet Fortow leise und unterdrückt einen neuerlichen Brechreiz.

»Weiter stellen wir fest, ob an der Mauer vorspringende, leicht abblätternde Elemente vorhanden sind. Diese können dem Opfer während des Falls Schrammen zufügen, die für Spuren eines Kampfes gehalten werden können, und das ist wichtig. Wir suchen umgekehrt auch an diesen vorspringenden Elementen nach Textilfasern, Haaren, Blut, Hautfetzen und frischen Spuren. Da oben haben wir überprüft, ob die Scheibe eingeschlagen wurde, ob Fingerabdrücke auf dem Fensterbrett, auf dem Glas, an den Griffen oder anderen glänzenden Teilen des Rahmens sind; wir haben nicht nur gelabert, sondern nach Schuhabdrücken und Kleidung gesucht; nachgesehen, ob ein Stuhl herangeschoben wurde, um auf das Fensterbrett zu steigen, und ob es einen Abschiedsbrief gibt, ein Schreibgerät; ob es Schleifspuren gibt, umgeworfene Gegenstände und andere Hinweise auf einen möglichen Kampf. Hast du dir alles gemerkt?«

»Ich glaube schon ...«

»Sehr gut! Es wird dir kaum jemals nützlich sein, aber trotzdem – muss man halt wissen. Nun denn, lass uns abhauen ...«

»War's das etwa für heute?«

»Ja, Fortow, das war's.«

Beim Verlassen des Hofes registriert Alexander, dass der Forensiker mit Wattestäbchen Blutproben sammelt. Das wundert den Moskauer ein wenig – alles deutet auf Suizid hin, es gibt keinen Anlass, nach fremder DNA zu suchen.

›Die sind so eingeschüchtert‹, denkt Koslow, ›dass sie sich, um fleißig zu erscheinen und uns zu beeindrucken, mit allen Mitteln absichern.‹

Als sie zum zweiten Mal beim Wohnheim eintreffen, steckt Koslow sich eine Zigarette an und weckt den Leutnant aus seinem Nickerchen. Der sieht sogar jetzt noch aus wie ein Model aus einem Hochglanzmagazin. Ein treuer Fan von *Men's Health*, ein GQ-Apostel. Verschlafen nimmt er seine in Zellophan verpackten Hemden aus dem Kofferraum und trottet los Richtung Wache. Koslow sieht ihm aus dem Wagen heraus nach, bis er im Wohnheim verschwunden ist, dann fragt er Michail:

»Warum gehst du eigentlich nicht weg von hier?«

»Wie meinst du das?«

»Na, man hat dir doch bestimmt einen Posten in der Kreisstadt angeboten oder in Moskau?«

»Wozu denn?«, antwortet Michail und kratzt

sich die Handfläche. »Mir gefällt es hier. Hier kann ich ein richtiger Säufer sein, nicht nur so ein Pseudo-Alki. Hier muss ich mich nicht verstellen. Man ist, wie man ist, und basta. Und was sollte ich denn da, in eurem Moskau? Ich war ja schon mal dort, aber ihr seid doch auch alle unglücklich, habt Angst davor, mit euch selbst allein zu sein. Hier ist es vielleicht schwierig, manchmal würde ich sogar sagen – absolut unerträglich, aber gerade deswegen hält man's hier eben aus …«

»Aha. Aber wo war das noch mal, wo man Karaoke singen kann?«

»Jetzt?«

»Nein, Mischa, übermorgen!«

Wie schon beim letzten Besuch führt Michail Koslow ins Café Bastille. Zu Koslows Erstaunen ist es diesmal so voll, dass sie einen VIP-Raum buchen müssen. Der sich als Tisch hinter einem Vorhang entpuppt, aber Koslow ist es recht – Hauptsache, die eingeflogenen Journalisten sehen ihm nicht beim Singen zu.

Er wählt einen Song von Kristina Orbakajte, aus den Boxen tönen die ersten Takte. Er hält das Mikrofon nah an die Lippen und hebt an:

Der Tag kommt morgen erst zurück,
Und das Mondlicht, blass und kühl,
Stört mit seinem leeren Glanz
Meinen Schlaf.
Ich blicke in des Himmels Ferne
Und ein einsamer Stern
Erinnert immer wieder mich
An dich.
Rufe mich,
Bei Nacht und bei Tag,
Bei Gewitter rufe mich,
Wenn du willst.
Rufe mich,
Und ich werde bleiben,
Die Nacht nur für uns beide,
Du brauchst mich nur zu rufen …

Sechster Gesang

In der Zelle ist es kalt. Keine Wächter, kein Stacheldraht und keine Gitterstäbe können den Frost abhalten. Allzu ungemütlich findet es Petja allerdings nicht. Dank seiner guten Kinderstube. Wie alle ehemaligen Heimkinder spürt er keine Temperaturwechsel mehr. Klirrende Kälte, sengende Sonne – alles gleich.

Von klein auf wurde Petja zur staatlich verordneten Körperpflege in eine rostige Wanne gesetzt und ohne Messung der Wassertemperatur sich selbst überlassen. Mal schmorte er, mal klapperten die Zähne – das interessierte keine Betreuerin, und irgendwann auch ihn selbst nicht mehr. Es ist, wie es ist. Von seinen ersten Tagen an lebt Petja in einer Welt, in der ihm die Milchflasche nur ein einziges Mal hingehalten wird, und wenn er nicht sofort zupackt, hat er erst bei der nächsten Fütterung wieder die Chance. Da lässt man es irgendwann bleiben, auf solche Nichtigkeiten wie Regen, Schnee, Hunger oder Kälte zu reagieren.

Petja dreht sich auf die andere Seite, zieht die Beine an und schließt die Augen. Vieles geht ihm durch den Kopf, vor allem aber jener längst vergangene Tag, an dem sich die letzte Familie von ihm losgesagt hat.

»Ja, aber was soll ich schreiben?« Ratlos, aber hoffnungsfroh hob die Frau ihr verweintes Gesicht.

»Schreiben Sie: Erklärung …«

»Mitten rein?«

»Ja, da …«

Sieg! Das war es, worum Petjas Pflegemutter die letzte halbe Stunde gekämpft hatte.

Er erinnert sich, wie sie sich damals um fünf Uhr früh an den Tisch gesetzt hatten. Es gab ein besonderes Frühstück, ein richtiges Abschiedsessen. Die Pflegemutter hatte Pfannkuchen gebacken und die letzten Reste Himbeermarmelade in einer hübschen Schale aufgetischt.

»Wozu das jetzt noch?«, fragte der Pflegevater und rieb sich die Augen.

»Keine Ahnung«, sagte die Frau harsch, und: »Zieh dir was über, Fettwanst, ist ja nicht anzusehen!«

Im Zimmer weinte das Baby. Die Frau, die einen letzten Morgen lang Petjas Mutter war, pumpte Milch ab, trat an die Großmutter heran und flüsterte ihr das heutige Vorhaben ins Ohr. Die alte Frau seufzte schwer, schlug ein Kreuz, stopfte sich einen ganzen Pfannkuchen in den Mund und begann, mit ihren Zahnstümpfen das Gehörte zu zermahlen.

Sie fuhren ohne Pause. Über drei Stunden. Einmal hielt ihm jene, die immer noch seine Pflegemutter war, schweigend eine Thermoskanne mit japanischem Muster hin. Die Hände in den Taschen, lehnte Petja ab, aber das machte niemandem etwas aus. Die Pflegemutter goss Tee in den Aludeckel und reichte ihn ihrem Mann, der genüsslich trank.

Das leicht schiefe Amtshaus betraten sie pünktlich um neun. Sie waren die Ersten, die heute den Fuß auf das Territorium der Bürokratie setzten – in den stillen Korridoren brannte noch das Licht, und die schläfrigen Kakerlaken zogen sich langsam in dunkle Ecken zurück.

»Ach, wie gut – keine Wartezeit«, rief der Stiefvater.

Seine Frau befahl Petja, sich zu setzen, und klopfte ein paarmal nervös an die Tür, um dann den Kopf ins Kabinett zu stecken wie unter eine Guillotine:

»Dürfen wir?«

Sie durften.

Nach einem hastigen Gruß fingen sie mit ihren Erklärungen an.

»Kommt gar nicht infrage!«, sagte die Beamtin streng.

»Aber ich kann nicht mehr!«, rief jene, deren Mann sogleich die Tür hinter ihnen schloss.

Die ausgewaschenen Mützen legte man sich in den Schoß. Es war so heiß, man hätte am liebsten den Pulli ausgezogen. Auf die Stirnen traten die ersten Schweißperlen, und in den Augenpaaren blitzte – eins für beide – ein ängstliches Flackern auf.

»Also, worum geht es denn eigentlich, Frau Mama?«, fragte die Beamtin, den Blick, um ihren Worten mehr Gewicht zu verleihen, auf die Dokumente gerichtet.

»Na, um alles!«, fiel der Gatte ein.

Sie begannen zu reden. Um nur ja nicht unrecht zu bekommen, lieber gleich mit erhobenen Stimmen. Petja saß im Flur und hörte jeden einzelnen Satz. Offenbar hatten sie die Nase voll, er war ihnen zu anstrengend, und in der Schulung für Pflegeeltern habe niemand sie gewarnt, dass es so sein würde.

»So schwierig?«

»Ja!«

»Wo hatten Sie denn Ihren Kopf, als Sie sich für ihn entschieden haben?«

»Na, zwischen den Ohren!«

»Werden Sie mir bloß nicht frech!«

»Frech bin ich noch lange nicht! Übrigens wird uns nicht einmal das Benzin erstattet!«

»Das hat doch damit nichts zu tun! Haben Sie alle Kurseinheiten besucht?«

»Natürlich, wie hätten wir sonst das Diplom bekommen?«

»Aha, dann erzählen Sie mal, was stört Sie denn an ihm?«

Die Antwort kam nicht sofort. Zuerst blickten sie einander an ... Wahrscheinlich ... Zumindest hat Petja das jetzt so in Erinnerung.

»Na, alles! Alles! Seit der Geburt unserer Tochter, unseres leiblichen Kindes, ist es ganz unerträglich. Er ist wie ein Roboter!«

Die Pflegemutter schluchzte. Die dicke Beamtin verdrehte die Augen, stemmte beide Arme auf den Tisch und erhob sich wie ein hydraulischer Kran. Noch einmal schnaufte sie, dann ging sie langsam zum Aktenschrank und fragte:

»Wie, sagen Sie, heißt er?«

»Pawlow, Petja Pawlow ...«

»Erzählen Sie weiter!«

Die Frau fuhr in ihrer Schilderung fort. Eine altbekannte Weise. Kommt vor. Gar nicht so selten.

Jahrelang hatten sie versucht, ein Kind zu kriegen, aber irgendetwas stimmte nicht. Sie probierten alles durch, Präparate, Elixiere, Wunderheiler und sonstige Methoden, und wandten sich in ihrer Verzweiflung an das Kinderheim. Nach der Adoption des Jungen entspannten sie sich plötzlich, und (o Wunder!) als Draufgabe gelang ihnen auch die Zeugung eines leiblichen Kindes. Was nun? Sie beschlossen, den Großen zurückzugeben.

»Warum?«

»Wir mögen ihn nicht.«

»Das ist alles?«

»Eigentlich schon …«

»Aber dafür gibt es doch bestimmt Gründe? Sind Sie überfordert mit ihm?«

»Und wie!«

»Dann geben Sie uns am besten auch gleich Ihr Baby!«

»Wieso?«

»Na, wenn Sie mit einem Pflegekind überfordert sind, wie sollen wir da annehmen, dass Sie es mit dem eigenen schaffen?«

Guter Trick. Diesen Gegenangriff haben die Beamtinnen in Moskau gelernt. Im Weiterbildungskurs. In der Hauptstadt war es mit den Eltern einfacher, dort wurden die Waisen nicht einfach so zurückgebracht. Mal ausprobieren, und wenn's nicht geht – zurück an den Absender … Nein, unter den goldenen Kuppeln leistete man sich keine solchen Späße. Jedes Mal, wenn wieder ein ausgemusterter Junge zurückgebracht wurde, beneideten die Beamtinnen ihre Moskauer Kolleginnen.

Es wurde still. Draußen vor der Tür dachte Petja daran, dass die Staatsdienerinnen in solchen Fällen ihre Provision verlieren konnten. Die Rückgaben wurden in ein Register eingetragen, und ab und zu wurden die Angestellten der Fürsorge daran erinnert, dass es dieses Jahr nicht mehr werden sollten als letztes. An jenem Tag starrte Petja auf die geschlossene Tür und dachte, dass es wahrscheinlich im ersten Halbjahr schon einen Überschuss gegeben hatte.

»Haben Sie auch nur im Geringsten daran gedacht, wie er sich jetzt fühlt?« Ohne großes Talent versuchte die Beamtin, Mitleid vorzutäuschen.

»Wir sind ja nicht dumm, wir wissen …«

»Der Junge wurde schon einmal abgewiesen, hat sein ganzes Leben im Heim verbracht, hat von einer Familie geträumt, und jetzt bringen Sie ihn zurück?«

»Wir sind nicht die Ersten, die ihn zurückbringen! Wir sind bereits das dritte Paar! Hören Sie mal auf, uns unter Druck zu setzen, dazu sind Sie nicht befugt! Wir kommen eben nicht zurecht mit ihm, wir sind überfordert!«

»Aber wer hat gesagt, dass es leicht wird?«

»Der ist ja nicht mal ein richtiger Mensch! Lebt die ganze Zeit nach irgendwelchen komischen eigenen Regeln! Kommt in den Laden und verlangt, dass alle der Reihe nach bedient werden! Ich kann nicht mal die Straße überqueren mit ihm! Da geht er nur auf dem Zebrastreifen, und wo nehm ich bei uns auf dem Land dieses bekackte Zebra her? Manchmal muss ich mit ihm kilometerweit latschen, nur um die Straßenseite zu wechseln. Er ist ein richtiger Trottel, verstehen Sie? Einfach absolut unmöglich!«

»Wo ist er jetzt eigentlich?«

»Draußen auf dem Flur, er sitzt vor der Tür …«

»Sie haben ihn gleich mitgenommen?!«

»Klar ist er mit, worauf sollen wir noch warten? Wir haben uns fix entschieden!«

»Ich nehme Ihren Antrag nicht an.«

»Was heißt, Sie nehmen ihn nicht an? Wir sind drei Stunden gefahren!«

»Und wenn es dreihundertunddrei sind!«

»Hören Sie mal, ich mein's ernst, wenn Sie ihn nicht zurücknehmen – dann bringe ich mich um, und zwar sofort und auf der Stelle …«

Die Erwachsenen zankten sich, und Petja lag auf der Bank. Damals im Amtshaus genauso wie jetzt in der U-Haft. Unbeteiligte Beteiligte, die über sein Schicksal richten.

»Jetzt motzen sie sich noch ein bisschen an, und dann verabschieden sie sich. Ich bin weder der Erste noch der Letzte. Ein Kind ins Heim zurückbringen ist eine Angelegenheit von zehn Minuten.«

»Ist doch ein hübscher Junge!«, log die Beamtin, die wohl gerade sein Foto ansah.

»Nein«, war die ruhige Antwort.

In dem Moment musste sogar Petja lächeln. Er wusste genau, dass das nicht stimmte. Man hatte ihm lange genug klargemacht, wie hässlich er war. Auch die Beamtin sah es, aber das konnte sie jetzt nicht zugeben.

Petja wechselt zurück auf die linke Seite und erinnert sich jetzt daran, dass seine Pflegemutter gar nicht mehr aufhörte zu weinen. Der, der noch immer sein Pflegevater war, drehte vermutlich die Augen zur Decke.

Schweigend hörte Petja den Erwachsenen beim Streiten zu. Er hatte aufgehört zu lächeln und zeigte keine Gefühle mehr. Er wusste: Starke Gefühle sind den Erwachsenen vorbehalten. Kaum stiegen einem im Kinderheim die Tränen in die Augen, folgte schon die Strafe. Natürlich kam es vor, dass die Mädchen heulten, aber nur nach Diebstählen oder Raufereien. Sein Leben lang blieb Petja in Erinnerung, wie einmal am Tag des Storches (so nannten sie den Tag der offenen Tür für potenzielle Eltern) die Zöglinge vorsingen mussten. Er war ungefähr zwölf, und als er zusammen mit den anderen Kindern in schiefen Tönen ein Volkslied anstimmte, fingen die Frauen im Saal gerührt zu schluchzen an. Alle unisono. Die Kinder verstummten ... Erschrocken dachten die Waisen, sie hätten etwas falsch gemacht. Ein paar Sekunden knetete die Musiklehrerin noch versunken die Tasten des alten Flügels, aber keiner setzte mehr ein. Da begann sie, mehr Kampfjet als Mensch, eine zweite Runde, doch erst als die Frau Direktor hinter den Kulissen hervorhüpfte, sangen die Kinder weiter.

In der Zelle der Untersuchungshaft erinnert sich Petja, dass man nicht nur für Tränen geschlagen wird, sondern auch für Fragen. Als Heimkind weiß man schon mit fünf, sechs Jahren, dass man besser den Mund hält. Immer. Auch jetzt, als ihn die Polizisten hierher geführt haben, hat er keine Fragen gestellt. Erstens ist es gar nicht so schlimm hier, zweitens gibt es in Pawlows Leben nur eins, was er wirklich bedrohlich findet: Ärzte.

»Haben Sie ihm wenigstens etwas zu essen einge-packt?«

»Nein, nur seine Kleider ...«

»Egal, schreiben Sie ...«

»Ja, aber was soll ich schreiben? Charakterliche Unvereinbarkeit?«, fragte die Pflegemutter.

»Nein ...«

»Erziehungsschwierigkeiten?«

»Nein, es muss ein Grund sein, bei dem sie auch uns nicht auf die Zehen steigen. Sie wollen ja viel-leicht irgendwann ein anderes Kind aufnehmen?«

»Vielleicht, ja«, schaltete sich der Pflegevater ein, der begriff, dass die Sache beschlossen war.

»Eben, und wenn Sie es später noch mal versu-chen wollen, dann müssen wir das jetzt schlau an-gehen! Hat nicht zufällig einer von Ihnen eine Krankheit?«

»Was für eine Krankheit denn?«

»Egal, welche, irgendetwas Ernsthaftes. Hat kei-ner in der Familie Krebs?«

»Na ja, mein Vater ist vor einem halben Jahr ge-storben ...«

»Wunderbar! Schreiben Sie, angesichts des Ver-lusts eines nahen Verwandten retournieren Sie das Kind ...«

»Danke! Vielen Dank Ihnen! Worauf wartest du noch, Tanja, schreib doch!«

Während die Erwachsenen in der Vergangenheit die Rückgabe abwickeln, kehrt Petja gedanklich in seine Ostroger Zelle zurück und schließt die Augen in der Hoffnung, am nächsten Morgen wenigstens den Grund für seine Festnahme zu erfahren.

Siebenter Gesang

Ein Schwan passt nicht in einen Schuhkarton, ein Delfin bleibt nicht unter dem Teppich. Den ersten Suizid im Waisenhaus versuchen die schockierten Erzieher noch zu vertuschen, sogar vor ihren Schützlingen, doch schon nach dem zweiten Fall gelangen die Staatsbediensteten zur Einsicht, dass sie diese von irgendwem eingebrockte Suppe nicht allein verdauen können. Forsch und geschwind wie der Bärenklau verbreiten sich die Gerüchte nach Norden, Süden, Osten, Westen. Der Eine ruft einen alten Bekannten an, der Andere schreibt gleich allen seinen besten, nächsten Freunden. Das soziale Gefüge ist in Aufruhr, ob am Telefon, im Internet oder auf dem Gemüsemarkt. An der Zapfsäule bei der Ausfahrt aus Ostrog erzählt eine verschnupfte Nutte die Geschichte den wiederkehrenden Fernfahrern, und sofort geht die Sage von Mund zu Mund. Sogar die immer verspäteten Postboten bemühen sich jetzt, möglichst viele Häuser abzuklappern, um die angesichts der rechtzeitig eintreffenden Briefe überraschten Adressaten mit funkelnden Augen zu fragen:

»Haben Sie schon gehört?«

»Ja, selbstverständlich!«

Schon weiß Groß und Klein Bescheid, dass es vier Opfer waren, dass die armen Kinder sich umbringen, ohne Abschiedsbriefe zu hinterlassen, und sie offenbar nicht mehr zu stoppen sind. Auch in den Nachbardörfern erzählt man sich die aufwühlenden Details. Dem aufgeregten Staffellauf schließen sich mehr und mehr Ortschaften an, und wie immer streckt der Klatsch seine Tentakel irgendwann bis nach Moskau aus.

In schicken und weniger schicken Newsrooms, in großen und kleinen Redaktionen knöpft man sich das bisher unbekannte Städtchen vor. Nach dem obligatorischen Cappuccino mit Sojamilch klemmen sich alte Korrespondenten und junge Praktikantinnen morgens hinter ihre Notebooks, um – erst mal was Lustiges auf Facebook gepostet – alle Infos über Ostrog zu durchforsten. Sogleich erfahren sie, dass das Städtchen dann und dann gegründet wurde, dass es mit keinen interessanten Fakten aufwarten kann, dass hier niemals berühmte oder auch nur ein bisschen bekannte Persönlichkeiten geboren oder auch nur inhaftiert gewesen sind.

Dauerschläfrige Kameraleute bedienen die ihnen anvertraute Technik, und behäbige Produzenten besorgen in Überwindung universeller Faulheit ihren Kolleginnen die billigsten Flugtickets. Im Pavillon acht wird die x-te Sendung über die Ereignisse in Ostrog gedreht, und sobald die Scheinwerfer angehen, erklingt in jedem fünften Haushalt die allen Fernsehzuschauern bekannte Eingangsmelodie. Auf dem Bildschirm erscheint – Mitleid und Ergriffenheit in Person – der immergleiche Publikumsliebling und sagt, als müsste er seine gespielte Erschütterung überwinden, mit gedämpfter Stimme:

»Wir sind live in Moskau, und wieder blicken wir nach Ostrog … Gestern Abend ist nach Sendeschluss der vierte Teenager freiwillig aus dem Leben geschieden. Schalten Sie nicht um, denn sofort nach der Werbung wollen wir sehen, was mit dieser unheilverseuchten Stadt los ist …«

Indessen werden in Ostrog seit dem frühen Morgen sanktionierte Lebensmittel vernichtet. Wie in einem Westernfilm schwingen die Türen des Lkws auf, und der Fahrer schiebt Holzkisten aus dem Inneren des Containers in den Schlund der Rechtsprechung. Das Holz zersplittert, der gefrorene Schnee kracht, die sanktionierten Granatäpfel fallen auf die Erde und rollen wie die Teigkugel im

Märchen in alle Himmelsrichtungen davon. Die Schaulustigen hinter der Absperrung verfolgen staunend und seltsam fasziniert, wie der Mann immer neue und neue Kisten aus dem Lastwagen zieht und sie emotionslos, bestimmt und gleichgültig von der Ladefläche wirft.

Als der Früchteberg im Schnee hoch genug ist, gibt einer der Exekutoren ein Zeichen wie zum Start eines Sprints, und ein rostiger Bulldozer kommt ins Spiel. Mit einer Umdrehung des Schlüssels blitzen seine grellen Augen auf, und knurrend pustet die Maschine schwarzen Rauch wie eine Dampflok. Mit einem Ruck setzt sie sich in Bewegung, zermalmt unter sich die Granatäpfel, und roter Saft ergießt sich in den weißen Schnee.

Blutrote Fäden zerschneiden den frischen Schnee, wie sprudelnde Bergbäche, wie leuchtende Bronchialbäume.

Die rostigen Raupen zerquetschen die reifen Früchte, auf die Homer einst Loblieder sang, und die Gerichtsvollzieher dokumentieren die Vernichtung der sanktionierten Ware peinlich genau auf Video. Wer nicht arbeitet, soll auch nicht essen. Unerbittlich wälzt sich der Bulldozer vor und zurück, und die aus dem Heim entwischten Kinder warten ungeduldig auf den heiligen Moment, in dem sie es den Erwachsenen gleichtun und sich auf die mit Papier, Holz und Dreck vermengten Früchte stürzen dürfen.

Aber Geduld.

Den Gerichtsvollziehern ist kalt. Vom Frost sind ihre Hände rissig und rot. Sie wollen endlich fertig werden mit den Granatäpfeln, ihre vorsorglich beiseitegestellten Kisten einpacken und sich sodann den Reliquien des heiligen Athenogenes widmen. Wobei sie natürlich wissen, dass sie das Spektakel bis zum Schluss durchhalten müssen. Der Bulldozer rollt über die Früchte, bis an der Entschlossenheit des russischen Staates kein Zweifel mehr bestehen kann, dann entfernen die Polizisten die Absperrung, schnappen sich ihren Anteil und verlassen die Müllhalde. Dem Wagen mit dem Blaulicht folgen auch die Exekutoren, und die Technik kommt zum Stillstand. Aus der Kabine des klapprigen Bulldozers springt der Fahrer heraus und läuft dem Lkw-Chauffeur entgegen, der von der Ladefläche gesprungen ist. Sich ihres Privilegs bewusst, steuern die beiden Männer auf jene Stelle zu, um die der Bulldozer sorgsam einen Bogen gemacht hat. Jeder hebt eine Kiste mit unversehrten Granatäpfeln hoch, und synchron kommt ihnen der Gedanke, diese wieder an den Laden zu verkaufen, in dem sie beschlagnahmt wurden.

Jetzt dürfen sie das!

Als die Polizei weg ist, wird der Haufen von Kindern und Erwachsenen gestürmt. Sie drängeln, rempeln und stoßen, während sie die zertrümmerten Früchte in Plastiktüten stecken, die Hände voller Granatapfelsaft. Und jeder der Anwesenden spürt, was das Leben – egal, wie man's dreht – für eine grandiose Sache ist.

Fach »Russische Literatur«
Aufsatz zum Thema:
»Warum ich das Leben liebe«

Das Leben ist eine grandiose Sache, die uns viele spannende Möglichkeiten bietet. Allein schon, dass wir gehen, atmen, sehen und hören können, macht uns zu den glücklichsten Menschen auf diesem Planeten. Ich bin meinen Eltern (auch wenn ich sie nicht kenne) dankbar dafür, dass ich auf der Welt bin, dass ich jeden neuen Tag genießen kann. Ich liebe das Leben, weil es bunt und echt ist. Jeden Tag, wenn ich aufwache, sehe ich vor dem Fenster eine unglaubliche Menge bunter Farben: Der Winter erfreut uns in elegantem Weiß und zauberhaftem Hellblau; der Frühling schenkt uns alle Schattierungen von Grün; der Sommer streicht die ganze Welt in allen Farben des Regenbogens, und der Herbst leuchtet in ed-

lem Rot und Gold. Ist das denn kein Wunder? Ist das denn keine Inspiration für uns alle? Geht es euch nicht auch so, dass ihr euch jeden Tag mehr und mehr in die Schönheit dieser Welt verliebt? Mir persönlich schon.

Ich liebe das Leben für den Reichtum an Emotionen und Erfahrungen, die es mir pausenlos schenkt. Ist es nicht wunderbar – lieben, träumen, erleben, glauben, lächeln und sogar weinen! Denn in solchen Momenten fühlst du dich als Mensch und machst die Erfahrung, dass du alles fühlen und begreifen und dich verändern kannst.

~~Ich liebe das Leben, weil es mir die liebsten, die freundlichsten, die besten Menschen zugeführt hat! Meine Familie ist meine Stütze, meine Hilfe, mein Beistand, meine Freunde. Ich weiß nicht, was mit mir wäre, wenn sie nicht wären. Sie machen jedes Ereignis zu etwas Besonderem, helfen in jeder, auch der schwierigsten und unlösbarsten Situation, geben kluge Ratschläge, die immer nützen, machen alle Verluste gemeinsam mit mir durch und trösten mich in schweren Zeiten. Außerdem habe ich liebe Freunde, ohne die alles nicht so toll wäre. Sie sind immer bei mir, und dafür bin ich ihnen dankbar. Sie lassen keine~~

83

Enttäuschungen in mein Leben, verjagen schlech-
te Laune schon, wenn sie am Horizont aufsteigt,
sie sind es, die aus dem langweiligen Alltag bunte,
unvergessliche Tage machen. Meine Freunde sind
meine Beschützer, meine Ärzte, Lehrer und Trai-
ner, sie sind mein besonderer Schatz.

Ich liebe das Leben für die Möglichkeiten, die
es mir eröffnet. Ich kann selbst meinen Weg wäh-
len, dem ich bis ins Alter folgen will. Ich kann mir
ein Ziel setzen, das die zentrale Achse all meiner
wichtigen und weniger wichtigen Schritte sein
wird. Ich kann und will zu vielen Dingen eine
eigene Meinung haben. Ich darf subjektiv sein.
Folglich kann ich mein Leben selbstständig in
jene Richtung lenken, die mir am besten gefällt.
Wenn das kein Anlass zur Freude ist!

Liebe Schüler (!!!), wenn ihr eure Aufsätze aus
dem Internet herunterladet, versucht, sie ein
wenig abzuändern. In letzter Zeit gab es Fälle,
in denen die Pädagogen eure Schularbeiten ei-
ner Plagiatsprüfung unterziehen mussten. Viel
Glück!

Das Dienstzimmer ist genauso winzig und armselig
wie beim letzten Mal. Nicht größer als ein Schuhkarton. Aber Koslow weiß, dass das nichts zu be-

deuten hat: Hier gibt es schlicht nichts Besseres. Wahrscheinlich mussten die hiesigen Beamten sogar extra zusammenrücken, um ihnen wenigstens diese Abstellkammer anzubieten. Die Möblierung beschränkt sich auf einen schwindsüchtigen Tisch, zwei wacklige Stühle und den immergleichen Doppeladler.

Während Koslow die der Akte beiliegenden Aufsätze liest, stellt er mit einem Blick fest, dass Fortow von dieser Dienstreise jetzt schon erschöpft ist – ein Tag hat ihm gereicht. Der Umfang des Materials, das sie durchlesen müssen, erschreckt den Anfänger. Jeder Suizid zwei Ordner, jeder Ordner zweihundertfünfzig Seiten. Fortow fühlt sich betrogen. Bibliothekar statt Detektiv, Bücherwurm statt Held. Schmerzvoll muss er erfahren, dass die Antworten nicht in freier Wildbahn, sondern auf rasch vergilbendem Papier gesucht werden. Im Sessel hängend quält er sich Absatz für Absatz durch diese Folklore, enttäuscht wie ein Kind in einem miesen Sommerlager.

Im Unterschied zum Justizleutnant widmet Koslow sich der Lektüre aufmerksam. Als erfahrener Ermittler weiß er, dass manchmal das kleinste Detail alles auf den Kopf stellen kann. Er studiert Gesprächsprotokolle und Begehungsberichte, Stellungnahmen von Kindern und Mitarbeitern des

Heimes. Dann macht er sich mit den Aufträgen zu gesonderten investigativen Maßnahmen und den daraus resultierenden Berichten vertraut.

»Hören Sie mal, Alexander Alexandrowitsch«, meldet sich Fortow aus seiner Agonie, »was, wenn sie es einfach nur so tun, weil sie halt so ein Leben haben?«

»Wie meinst du das?«

»Na ja, hier kann man doch unmöglich leben. Da ist ja nichts, wo man hingehen könnte. Eine Stadt wie eine Sackgasse. Überall steht man an! Als Kind war ich auf Kreta im Spiegellabyrinth, genauso fühl ich mich hier. Egal, in welche Richtung man schaut, man rennt gegen einen Spiegel, aus dem man nur selber herausglotzt.«

»Aber warum dann nicht früher?«

»Hm ...«

»Und warum nicht auch in anderen Städten?«

»Na ja ... weil ...«

»Glaubst du, anderswo ist es besser? Die gleichen Kinderheime, die gleichen Pädagogen. Die Mauern, die Menschen, die Schule – das ist seit Jahrhunderten alles dasselbe, also wieso, Fortow, wieso haben sie sich nicht schon früher scharenweise erhängt, hm?«

»Na ja, es ist ihnen halt zu viel geworden ...«

»Und wieso war es ihnen früher nicht zu viel?«

»Na ja … dann … Vielleicht war irgendwas …«

»Junge, Junge! Ich glaube, ich weiß schon, wer von uns beiden Captain Obvious ist! So, weiter geht's, lies!«

»Aber wozu? Als ob wir in diesem Haufen Altpapier die Lösung finden würden!«

»Genau! Bessere Methoden wurden bisher nicht erfunden …«

»Fahren wir nicht mal mehr an die Tatorte?«

»Wieso nimmst du an, dass es Tatorte sind?«

»Na ja, oder Fundorte …«

»Nö, machen wir nicht mehr. Waren wir doch gestern schon. Oder willst du noch mal kotzen?«

Koslow wendet sich wieder den Akten zu. Im Unterschied zu Fortow hat er die Zeit im Blick – und die drängt. Bis Ende der Woche müssen sie fertig sein. Am Freitag muss er dem Chef in Moskau berichten, ob Anklage erhoben wird. Er hat keine vier Tage mehr, um die Chancen einzuschätzen, jemandem Paragraf 110 StGB RF anzuhängen – Anstiftung zum Suizid. Anhand des bisher vorliegenden Materials ist das schwer zu sagen. Da die Teenager alle an unterschiedlichen Orten gefunden wurden, wäre es naheliegend und leicht, einfach dem Personal des Waisenhauses Fahrlässigkeit vorzuwerfen, allerdings würde das weder das Fernsehpublikum noch Koslows Vorgesetzte zufriedenstellen. Wozu so viele Sendungen, wenn einem dann eine so unspektakuläre, fade Lösung vorgesetzt wird? Die an den Bildschirmen klebenden Kettenhunde des Guten dürsten nach geballter, vollumfänglicher Gerechtigkeit.

Vom Schreibtisch aufgestanden, tritt Koslow ans Fenster. Trotz des Rauchverbots in allen öffentlichen Gebäuden des Landes lässt er sein Feuerzeug klicken und stößt die Oberlichte auf.

»Darf man hier etwa?«, staunt Fortow.

»Solang in der Hausordnung kein Verbot steht – ja!«

»Aber das Gesetz?«

»Interne Weisungen der Amtsleitung stehen über dem Gesetz …«

Nach einem tiefen Lungenzug drückt Koslow das Fenster noch weiter auf, und das Echo der in der Ferne vorbeifahrenden Bahn dringt herein. Es klingt wie das Scheppern von Geschirr. Wie wenn jemandem beim Leichenmahl nach einer Beerdigung die Gabel auf den Teller fällt. Er bläst den Rauch aus, nimmt sein Handy hervor und tippt mit einem Daumen eine Suchanfrage. Er wartet ab, bis die Seite geladen ist, und lässt seine Augen über die Tabelle wandern:

Föderale statistische Erfassung
Zählung und Unterbringung von Kindern
ohne elterliche Fürsorge bis zum 18. Lebensjahr

Anzahl der Kinder ohne Unterbringung
zu Beginn des Berichtsjahres   *3541*

Anzahl der im Berichtsjahr erhobenen Kinder
ohne elterliche Fürsorge   *12 579*

Rücknahme von Beschlüssen über die
Adoption oder Aufnahme von Kindern in
Pflegefamilien   *5329*
    Davon:
    aufgrund von ungenügender Wahrnehmung
    der Erziehungspflichten seitens der
    Adoptiveltern   *679*
    aufgrund von Misshandlung der Kinder   *54*
    auf Initiative der Adoptiveltern   *3534*

Verstorben   *229*
    Davon durch Suizid   *50*

›Da sind unsere noch gar nicht mitgezählt‹, denkt der Ermittler.

Der Rauch prallt gegen die Glasscheibe und kriecht als grauer Efeu in alle Richtungen. Koslow betrachtet die schmutzige Straße und das Café Bastille gegenüber und rätselt, was wohl der Grund für das Geschehene gewesen sein mochte.

›Wo hat alles angefangen? Womit? Soll das ein Staffellauf sein? Tod als Unterhaltung?‹

Er muss eindeutig beim ersten Suizid anfangen. Um zu verstehen, warum die anderen gefolgt sind, muss er sich in den Teenager hineinversetzen, der sich im Wald erhängt hat.

›Besteht eine Wahrscheinlichkeit, dass alle anderen es ihm einfach nachgemacht haben? Haben sie sich mitschuldig gefühlt? Haben sie sich abgesprochen? Haben alle dasselbe Motiv oder nicht? Hat der Erste gedacht, er sei auch der Letzte, oder hat er gewusst, dass sie ihm folgen werden? Wollte er diese Nachfolge? Brauchte er sie? Und wird es eine Fünfte, einen Fünften geben?‹

Wieder am Tisch, liest Alexander die Charakteristik des ersten Selbstmörders:

Kassimow Rinat
Befindet sich seit dem Tod der Mutter in der staatlichen öffentlichen Einrichtung für Waisenkinder und Kinder ohne elterliche Fürsorge ›Kinderheim Ostrog‹. Zweite Gesundheitsgruppe, kombinierte Entwicklungsstörung, physische Gesundheit mittelmäßig.

*Zufriedenstellende schulische Erfolge bei gleich-
gültiger Einstellung. Unterstützung durch Pädagogen in allen Unterrichtsfächern erforderlich.
Gedächtnis und Aufmerksamkeit unterentwi-
ckelt. Mäßiges handwerkliches Geschick, keine
Initiative, Faulheit.*

*Permanente Kontrolle erforderlich. Disziplin
gering. Häufig Ungehorsam und Sturheit. Stört
die Gruppendynamik. Aggressives Verhalten gegen Pädagogen und Mitschüler.*

*Ethische Kultur auf niedrigem Niveau. Unausge-
glichen, verwendet nicht-normative Lexik. Un-
beherrscht. Keine Selbstkontrolle über das eigene
Verhalten.*

*Hält Regeln der Körperpflege nur unter Auf-
sicht ein, ist schlampig und schmutzig.*

*Permanente Kontrolle durch Erwachsene erfor-
derlich. Lügt fallweise, wälzt die Schuld auf andere ab, wurde beim Diebstahl ertappt.*

Zwei erfolglose Versuche, in Familien zu leben.

Koslow legt die Unterlagen beiseite und vermutet, dass über jeden Zögling ungefähr das Gleiche
drinsteht. Mit Durchschlag notiert, unterscheiden sich solche Beschreibungen kaum voneinander.

Brav/schlimm, pflegeleicht/schwierig. Um seinen Verdacht zu überprüfen, schlägt Koslow auf gut Glück eine andere Charakteristik auf, und siehe da, er hat recht – hier klingt alles genauso. Nach Ansicht der Erzieher sind die Kinder schwierig, dumm, in der Regel perspektivlos. Oft sind sie frech, prügeln sich und laufen ständig davon. Bringt ihn das einer Lösung näher? Ganz bestimmt nicht. Das Einzige, was Koslow daraus schließt, ist, dass es nicht erst gestern angefangen hat. Etwas muss im Leben dieses Jungen passiert sein, lange vor dem Suizid. Aus seinen Lieblingsbüchern ist Koslow in Erinnerung geblieben, dass Klotho den Lebensfaden spinnt, Lachesis ihn bemisst und Atropos ihn abreißt – ein langes Prozedere, und kein einfaches.

Koslow lehnt sich zurück und lässt sich durch den Kopf gehen, was ihm seine Frau zum Abschied hingeworfen hat. Dass sie die Scheidung schon vor langer Zeit beschlossen habe.

»Wirklich?«

»Ja, an dem Tag, als unsere Tochter auf die Welt kam …«

»Vor sieben Jahren?!«

»Ja, ich war nie glücklich mit dir …«

»Du liebe Güte! Aber warum hast du nie etwas gesagt?«

»Ich hab es dir gesagt, aber du wolltest es nicht hören …«

Taubheit.

Koslow riss damals den Mund ganz weit auf, sodass es in den Ohren knackte. Er rieb sich die Augen und musste sich eingestehen, dass er seiner Frau tatsächlich nicht zugehört hatte. Jedes Mal, wenn Dana gesagt hatte, sie sei unglücklich, hatte er gedacht, das sei kein großes Problem. Ein lokaler Konflikt, mehr nicht. Wo brennt's – wir löschen sofort. Der Vergleich mit seiner Kindheit hatte ihn in die Irre geführt: Er dachte, er wüsste, wie Menschen aussehen, die wirklich unglücklich sind …

Als Kind hatte Koslow in Karelien gelebt, am Ufer eines Sees. Als seine Mutter wegging, war er keine sechs Jahre alt. Jeden Abend saß er mit seinem Vater auf einer Bank und schaute auf den See. Der Große rauchte, der Kleine nicht. Der Vater schwieg – und der kleine Alexander auch. Am Tag seiner Hochzeit wünschte sich Koslow, dass seine Kindheit sich nie wiederholen würde. Er wollte eine richtige Familie gründen, eine glückliche, aber nach ein paar Jahren wurde ihm klar, dass er das Schicksal seines Vaters eins zu eins wiederholte. Das Einzige, was ihm jetzt noch Hoffnung gab, war, dass seine Mutter eines Tages zurückgekehrt war.

›Ob Dana wohl zurückkommen wird?‹

Koslow sieht durch das vergitterte Fenster auf Ostrog und versucht, sich zu konzentrieren. Es fällt ihm schwer. Ein neuer Waggon voller Erinnerungen fährt ein.

»Du bist mental behindert, Koslow, verstehst du? Deine Eltern haben dir keine Empathie beigebracht. Du bist toxisch. Du denkst nur an deine Leichen und lässt mir keine Freiheit. Ich ersticke neben dir, mir ist langweilig! Ich bin es leid, deine Therapeutin zu sein und deine Kindheitstraumata zu heilen! Wenn du mich wirklich liebst – lass mich gehen, und freu dich für uns!«

Nicht einmal jetzt, so viele Jahre nach der Trennung, versteht Koslow, worüber er sich freuen sollte. Er hat Dana das Recht auf Scheidung zugestanden, das Recht, mit einem anderen Mann zu leben, aber warum er sich freuen sollte – das leuchtet ihm nicht ein. Als Anhänger der alten Ordnung glaubt er auch im neuen Jahrtausend an die Institution der Familie.

»Alexander Alexandrowitsch?«

»Ja?«, antwortet Koslow, das Gesicht in den Händen verborgen.

»Was halten Sie denn davon?«

»Was?«

»Ich hab Sie gefragt, was Sie darüber denken?«

»Ich denke, Fortow, dass es Zeit ist, zum Mittagessen zu gehen ...«

Koslow denkt gar nichts darüber. Sie haben heute Morgen gerade mal die Unterlagen zum ersten Suizid gesichtet, und obwohl alles – die Erdoberfläche rund um die Leiche, die Außenschicht der Kleidung, der Befestigungspunkt der Schlinge – auf Suizid hindeutet, weiß er, dass in dieser Phase alle Schlüsse voreilig sind.

Keine Trittspuren gefunden, die nicht dem Toten gehören. Keine leicht löslichen Materialien im Boden unter der Leiche. Zweimalige gründliche Untersuchung des Befestigungspunktes der Schlinge: vor und nach Bergung der Leiche. Die Position der Holzfasern in den Seilspuren auf dem Ast zeugt unstrittig davon, dass die Person nicht von fremder Hand hochgezogen wurde. Vortäuschung ist ausgeschlossen.

Im Aufstehen klärt Koslow Fortow gemächlich darüber auf, dass man solche Fälle nicht von heute auf morgen löse, davon habe man nichts als Erschöpfung und Überforderung. Hier brauche es Ruhe und Geduld.

Beim Überqueren der Straße erzählt er dem Leutnant, dass man unbedingt die Ergebnisse der Hausbefragungen und die Stellungnahmen von Lehrern und Erziehern im Kinderheim berücksichtigen müsse:

»Wir haben noch die Protokolle der Untersuchungen der verschiedenen Fundorte vor uns, allerlei Befragungen und Auskünfte. Wir müssen uns die Eltern ansehen: wer sie sind, ob sie noch leben, warum sie ihre Kinder weggegeben haben. Umgebungspläne einholen, Verbindungen zwischen den Getöteten ausfindig machen, ihre Interessen. Jedenfalls liegen noch sehr, sehr, sehr viele Berichte und Erklärungen vor uns, die du, mein Freund, wirst lesen müssen.«

»Und dann?«

»Und dann haben wir – vielleicht – eine mögliche Version …«

Das Wasser regt sich – drei!
Meerestier, werde zu Stein!

Achter Gesang

Sie haben ihm die Armbanduhr abgenommen. Petja weiß nicht, wie spät es ist. Es fühlt sich an wie Mittag, aber vielleicht auch nicht. Noch ist keine Anklage erhoben worden, doch er kommt nicht auf die Idee, an die Tür zu hämmern. Er kennt die Polizisten hier alle persönlich und geht treuherzig davon aus, dass so freundliche, anständige Leute ihn nicht grundlos behelligen würden. Bestimmt haben sie irgendeinen Plan. Petja vertraut den Polizisten. Zwar weisen sie in der Regel seine Anzeigen zurück, aber sie finden immer die richtigen Worte, allein dafür bringt er ihnen großen Respekt entgegen. Menschliche Kontakte sind Petja viel wert.

Er trippelt in der winzigen Zelle auf und ab und erinnert sich, wie er nach der Rückgabe durch die letzten Pflegeeltern in jenem Amtshaus zurückblieb. Er saß im Flur auf der Bank und wartete auf Anweisungen. Bis 19:00 Uhr musste ihn irgendjemand übernehmen, und die Fürsorgebeamtin wusste natürlich nur zu gut, wie schwierig das war.

Zuerst rief sie im Kinderheim an:

»Hallo, spreche ich mit Ostrog?«

»Ja, was wollen Sie?«

»Ich hab hier eins von euren … diesen Petja Pawlow, sechzehn Jahre, er ist wieder da …«

»Na, dann bringen Sie ihn eben, aber erst am Montag – heute haben wir Faschingsfeier!« Dann nur noch Tuten.

»Kein Wunder, dass sie dich zurückgeben!«, keifte die Beamtin zur offenen Tür hinaus und spuckte auf den Hörer.

Gewitzt beschloss sie, den Kleinen (leider auf eigene Rechnung) in einen Bus zu setzen, der ihn in die Infektionsabteilung des örtlichen Krankenhauses bringen sollte. Dort würde er das Wochenende verbringen, und wenn alles gut geht, würde er am Montag im Ostroger Kinderheim abgegeben.

›Die ideale Lösung!‹, dachte sie. ›Du solltest mir dankbar sein. Du bekommst ein sauberes Bett und Verpflegung. Zwei Tage fast wie auf Erholungskur, also, du könntest dich ruhig ein bisschen freuen.‹

Dass der Teenager einen ausgeprägten Hospitalismus mitbrachte, hatte die Beamtin natürlich nicht bedacht. Diese Diagnose war ihrer Meinung nach sowieso nur eine Erfindung. Sie schloss die Mappe, warf Petja noch einen Blick zu und sprach lächelnd ihr Urteil:

»Na, dann kommst du Lauser eben auf die Infektion!«

Als Petja das hörte, schreckte er hoch, wurde glühend rot und stürmte ins Kabinett:

»Nein, Tante, nein! Nein! Nein!!! Bitte, bloß nicht ins Krankenhaus!« Er streckte sich über den Tisch, fasste nach ihrer Hand, doch sie wehrte nur ab und sagte: »Lass das, sonst werd ich böse!«

Befremdet sah die Fürsorgebeamtin den Jungen an, den sie gerade von sich gestoßen hatte. Sie konnte ja nicht wissen, dass er von klein auf viel mehr gespürt hatte als andere. Dass er mit fünf Jahren Eiszapfen von draußen hereingebracht und die Erzieher gebeten hatte, sie in den Gefrierschrank zu legen, um ihnen das Leben zu retten. Mit sechs hatte er zu Weihnachten die anderen Kinder angefleht, die Schokoladenfiguren zu verschonen, und mit sieben hatte er sich freiwillig dazu entschieden, auf Fleisch zu verzichten. Von dem Tag an hatten sich die Heimpädagoginnen nicht mehr darum gekümmert, wie sich die anderen Kinder ernährten, sondern nur mehr darauf geachtet, dass der Zögling Pawlow brav sein Hühnchen oder Schweinehack aufaß.

Der kleine Tolstojaner erschlug keine Mücken (nicht einmal die, die ihn stachen), und jeden einzelnen Regenwurm trug er in die Wiese. Er trat vorsichtig auf, um nur ja kein Insekt zu zerdrücken, und fragte sogar andere Kinder und Lehrer, ob ihm nichts in den Mund geflogen sei, weil er sich so davor fürchtete, ein Tier zu essen. Als einmal die Heimkinder eine Katze mit Steinen erschlugen, hörte er für mehrere Tage zu sprechen auf, weswegen er zum ersten Mal in die psychiatrische Klinik musste, wo er, so die Idee der von seinen Flausen entnervten Erzieherinnen, geheilt und wie alle anderen werden sollte.

Das wusste die Beamtin natürlich alles nicht und wollte es auch nicht wissen. Das Einzige, was sie wirklich wollte, war Feierabend. Sie durfte auf keinen Fall die Sendung mit ihrem Lieblingsmoderator verpassen.

Charakteristik von Pjotr Petrowitsch Pawlow, Zögling des Kinderheims Ostrog

Schulische Erfolge: lernt gut, bemüht sich. Liest viel. Interessen im Hinblick auf einen zukünftigen Beruf reichlich.
Verhalten: wohlerzogen, übermäßig diszipliniert. Extrem initiativ, gleichzeitig weich, wehrlos, vermeidet Konflikte mit Mitschülern und Pädagogen, provoziert mit seinem pedantischen Verhalten jedoch häufig Zank. In sich gekehrt,

überdurchschnittlich fleißig, Erziehbarkeit nor-mal. Soziale Aktivität überschießend. Nimmt als Organisator viel auf sich, führt Anweisungen geradezu seltsam übergenau aus, nimmt jedoch keine Führungsposition ein.

Schulischer Umgang: keine Freunde, den meisten seiner Mitschüler ist er gleichgültig. Unkommu-nikativ, gehemmt, verschlossen, Selbstständig-keit des Denkens schwer zu beurteilen, aber al-lem Anschein nach im Übermaß vorhanden.

Charakterliche Besonderheiten: merkwürdig, abhängig, Vegetarier, Selbsteinschätzung schwer analysierbar. Erweckt bei den Pädagogen keine Sympathien. Die Beziehungen zu anderen Heim-kindern können als schwierig bezeichnet werden.

Neunter Gesang

Am Eingang des Café Bastille begegnen ihnen die Zwillinge. Seite an Seite gehen die beiden in Richtung Hauptplatz, mit Plastiktaschen in allen vier Händen. Die verwundeten Granatäpfel hinterlassen im Schnee Blutspuren, wie Koslow sie schon oft an Tatorten gesehen hat. Er hört genauer hin, was die Schwestern reden – sie diskutieren über die jugendliche Suizidserie. Ihre Meinungen gehen diametral auseinander. Ljubow glaubt, die Schuldigen werden nie gefunden, Vera vertraut auf die weltweit beste Qualität der russischen Ermittler.

Koslow sieht ihnen nach, offenbar haben sie nicht denselben Weg wie er.

Irgendwo fängt ein Hund zu bellen an. Andere stimmen ein. Klein und Groß kläffen im Chor, und dann schließen sich, ganz gegen die Vorschrift, auch noch die Schäferhunde im Gefängnis an. Wie in einer europäischen Kleinstadt das Glockenläuten ergießt sich das Echo des Hundegebells über Ostrog. Koslow horcht, schickt Fortow schon mal rein und beschließt, vor dem Lokal noch eine Zigarette zu rauchen.

Er sieht sich um und bemerkt, wie kurz die Straße ist. Ein magerer Köter, der aus seiner windschiefen Hütte herausgelaufen ist und wahrscheinlich diesen Hundekanon angezettelt hat, schleppt sich hinkend voran. Im Maul trägt er einen bunten Papagei. Beim Anblick des Hundes fühlt Koslow eine für ihn untypische Besorgnis. Zum ersten Mal seit Monaten packt ihn wieder diese Zukunftsangst, die er allmählich überwunden geglaubt hat. Der Gedanke, dass seine Frau nie mehr zu ihm zurückkehren wird, krallt sich mit spitzen Fingern in seine Rippen.

›Was bedeutet das denn?‹, überlegt Koslow und versucht, ruhig zu bleiben. ›Wenn ich, ein erwachsener Mann, mich so vor der Zukunft fürchte, was mag dann in den Köpfen dieser Kinder vorgehen? Ist nicht etwa das der Grund? Wie können sie hier überleben, wenn ihre Gefangenschaft im Ostroger Kinderheim aller Wahrscheinlichkeit nach das Beste ist, was ihnen je passieren wird? Wie schaffen sie den Alltag, wenn sie nichts vor sich haben als Ungewissheit? Ist es ein Wunder, wenn so schwache, schutzlose Wesen mit dem Leben abrechnen, wo doch sogar ich manchmal zu Türklinke und Gürtel schiele?‹

Koslow schnippt den Stummel weg und geht hinein. Das Café ist voller Journalisten, nicht wiederzuerkennen. Gestern Nacht sah es hier noch ganz anders aus. Jetzt wirkt das Lokal wie eine schicke Moskauer Bar, die extra auf Provinz gestylt ist. Es sind so viele Leute da, dass Koslow seinen Kollegen nicht auf Anhieb findet.

»Nicht übel, was?« Fortow reibt sich grinsend die Hände mit Desinfektionsmittel ein. »Sagen wir mal so, Alexander Alexandrowitsch, ich habe inzwischen eine oberflächliche Analyse durchgeführt und garantiere Ihnen, dass es hier durchaus was zu holen gibt. Ich für meinen Teil würde ihn für den Anfang mal der da drüben reinstecken!«

»Was hast du bestellt, Fortow?«

»Einen Borschtsch und ein Kiewer Kotelett.«

Koslow setzt sich dem Kollegen gegenüber, schlägt die Speisekarte auf, aber bevor er hineinsieht, blickt er sich noch einmal um. Ein Andrang wie sonst nie in dieser Gegend. Alle Stühle besetzt. Anhand der Logos auf den Mikrofonen registriert Koslow, dass links von ihm Vertreter liberaler und relativ liberaler TV-Sender beim Essen sitzen und rechts die Reporter der staatlichen. In der Mitte des Saals hat allem Anschein nach die schreibende Zunft ihren Platz eingenommen. Koslow lauscht den Tischgesprächen.

»Es heißt ja immer, wir leben in einer postfakti-schen Zeit«, fängt einer der Reporter an, »aber ich persönlich bin der Meinung, dass wir sehr wohl in einer Zeit der Fakten leben, nur braucht die halt niemand mehr! Der Preis der Wahrheit ist zu hoch geworden! Wozu monatelang recherchieren, wenn morgen schon die nächste Sensation passiert?«

Koslow bestellt dasselbe wie Fortow, eine Fla-sche Wodka dazu, und als der Kellner das erste Glas gefüllt hat, will er schon trinken, doch da tritt eine junge Frau an ihren Tisch.

»Agata!«, stellt sie sich vor und streckt die Hand aus.

Fortow schüttelt die Hand bereitwillig, Koslow nicht. Fortow gefällt die junge Frau, Koslow hat kein Interesse. Am allerwenigsten hat er Lust, die Ermittlungen mit einer Journalistin zu besprechen.

»Sie trinken im Dienst?«

»Wer bist du überhaupt?«, fragt Koslow ruhig, aber so, dass die Grenze gleich klar ist.

Sie lächelt gelassen und weist schweigend einen Presseausweis vor:

»Möchten Sie mir was erzählen, hm?«

»Noch gibt es nichts zu erzählen«, antwortet Koslow, sein Glas an den Lippen.

»Was für Versionen ziehen Sie denn in Betracht?«

»Wir ziehen alle Versionen in Betracht …«

»Aber es gibt doch bestimmt welche, die Sie bevorzugen, oder nicht?«

»Für uns nicht, für dich etwa?«

Agata lächelt noch breiter.

»Ich weiß nicht«, fängt sie wieder an, »ich hab keine Versionen. Ich hab schon über vieles berichtet, aber so etwas sehe ich zum ersten Mal. Ich bin über diese Situation wahrscheinlich genauso erstaunt wie Sie. Kann ich mich dazusetzen?«

»Klar!«, sagt Fortow erfreut.

»Sind Sie etwa nicht erstaunt?«

»Ob ich erstaunt bin, dass dieser Halbaffe dir gestattet, dich zu uns zu setzen?«

»Nein, dass es noch immer keinen Verdacht gibt.«

»Nein, bin ich nicht.«

»Jaja, ich sehe schon, die professionelle Schutzweste. Sie wundert gar nichts mehr. Aber trotzdem – ist das nicht spannend? Warum haben die Kids das gemacht? Die sind doch zäh. Prügeln sich jeden Tag, trinken, rauchen. Ich habe mal einen Beitrag über Mädchen in einem Kinderheim in Kaluga gemacht, die wurden in einer Bar zum Strippen gezwungen und haben sich auch nicht umgebracht. Sie kennen ja bestimmt auch die Geschichte von dem Mann in Tscheljabinsk, der ein paar Jungs angeblich zum Angeln aus dem Heim geholt, aber dann vergewaltigt hat, und sie haben nichts gesagt, aber sich auch nicht erhängt. Das sind nur ein paar Beispiele, aber hier …«

»Willst du dir nicht was bestellen? Wir essen jetzt nämlich, und du hast nichts …«

»Nein, danke, ich habe schon mit den Kollegen gegessen …«

»Na dann …«

»Also, Sie wollen nicht mit mir reden?«

»Hör mal, Agata oder wie du heißt, es gibt wirklich noch nichts zu erzählen. Wir fangen ja erst an, uns mit der Sachlage vertraut zu machen …«

»Aber die hiesigen Ermittler sind ja schon einen Monat lang dran, nicht?«

»Du kannst gern schreiben, dass die hiesigen Ermittler noch nichts gefunden haben …«

»Und Sie was finden werden?«

»Wir finden bestimmt was!«

»Und dann erzählen Sie es mir?«

»Allen werden wir's erzählen.«

Koslow kippt endlich seinen Wodka hinunter, den er die ganze Zeit in der Hand gehalten hat. Wieder wird es still am Tisch. Sogleich erscheinen die rettenden Handys. Gerunzelte Brauen, ernste Mienen. Das Licht in dem Café ist schummrig, die Displays beleuchten die ins Dunkel getauchten Gesichter. Agata bleibt noch eine Weile als ungebetener Gast sitzen, dann steht sie abrupt auf und geht ohne ein Wort.

Während Koslow stumm isst, spielt Fortow mit dem Handy:

»Siri, warum begehen Kinder Selbstmord?«

»Das ist eine interessante Frage«, sagt das Handy.

»Siri, warum begehen Kinder in Ostrog Selbstmord?«

»Vielleicht sollten Sie Kontakt mit dem Psychosozialen Dienst aufnehmen«, antwortet die persönliche Assistenz genauso ruhig und unerschütterlich. Fortow lacht, und mit strengem Blick befiehlt ihm Koslow, damit aufzuhören.

Nach dem Essen laden sie die Leiterin des Ostroger Kinderheims in ihr stickiges Dienstzimmer ein. Aufgetakelt und überladen, was sie mit Stil verwechselt, benimmt sie sich demonstrativ widerspenstig. Man merkt, Ermittler können ihr längst keine Furcht mehr einflößen.

»Alle diese Fragen wurden mir schon gestellt!«

»Aber nicht von uns. Vielleicht wollen Sie etwas hinzufügen?«

»Nein, ich habe schon alles gesagt. Wenn Sie wirklich nicht mehr Fantasie haben, dann würde ich jetzt wieder zu meiner Arbeit zurückkehren. Im Unterschied zu Ihnen habe ich zu tun!«

»Ljudmila Antonowna«, fragt Koslow mit einem Blick in die Akte, »was denken Sie persönlich über das alles?«

»Ich?«

»Ja, wenn Sie unsere dummen Fragen, wie Sie sagen, nicht beantworten wollen. Wie erklären Sie sich diese Vorfälle?«

»Wollen Sie das wirklich wissen?«

»Natürlich!«

»Sie machen auf mich nicht den Eindruck, als könnte man Ihnen vertrauen …«

»Das sieht meine Ex-Frau genauso. Trotzdem …«

»Ich habe den Verdacht, dass Sie nicht da suchen, wo Sie suchen sollten …«

»Und wo sollten wir suchen, Ljudmila Antonowna? Sagen Sie es uns!«

»Sie müssen wissen, dass Kinder zu allem fähig sind! Sie versuchen hier herauszufinden, ob wir sie schlecht behandelt haben, aber in Wahrheit sind wir es, die Angst haben. Sie suchen nach gewalttätigen Übergriffen, dabei sind es die Kinder, die uns Lehrer bedrohen. Sie haben keine Ahnung, wie eingeschüchtert meine Untergebenen sind. Die trauen sich nicht mal, ein Wort zu sagen zu diesen Wilden! Weil die Großen ja gleich ausfällig oder sogar handgreiflich werden! Das sind keine gewöhnlichen Teenager, sie kennen keine häusliche Geborgenheit, und viele von denen sind pathologisch. Haben Mörder als Eltern, stammen von Gewalttätern ab, von Alkoholikern – nicht wie die Moskauer Wonneproppen. Sie, mein Herr, Sie suchen die Antwort im Außen, aber Sie müssen im Inneren forschen – das ist doch offensichtlich!«

»Wieso offensichtlich?«

»Wenn ich es Ihnen doch sage: Diese Kinder sind schwierig!«

»Was heißt schwierig, Ljudmila Antonowna?«

»Na ja, was wohl! Sie kommen da gelaufen und glauben, gleich alles durchschaut zu haben. Sie gehen mit Ihrer Unverschämtheit davon aus, sofort eine Lösung zu finden, aber ich, ich arbeite seit zwanzig Jahren mit solchen Elementen, und ich weiß, dass von denen alles zu erwarten ist! Sie haben sich selbst getötet, aber genauso hätte es uns erwischen können, uns alle!«

Koslow kennt auch das. Die Heimleiterin will sich rechtfertigen und einen Weg vorgeben. In ihrer Hand brennt eine kleine Taschenlampe, die die Bedeutungen ausleuchtet. Mit allem, was sie jetzt sagt, ruft sie: »Seht her, ich weiß, wo ihr hinmüsst!«

»Die tun Ihnen also völlig umsonst leid«, fügt sie nach kurzer Pause hinzu.

»Mir tut niemand leid …«

»Recht so, weil Sie als Polizisten –«

»Beamte des Ermittlungskomitees sind keine Polizisten«, unterbricht sie Koslow.

»Von mir aus, vielleicht ist die Bezeichnung nicht korrekt. Jedenfalls suchen Sie eine logische Erklärung für das, was passiert ist, aber die gibt es nicht! Sie haben erst mal für sich beschlossen, dass diese Kinder arme Tröpfe sind, kleine Engelchen, die das Unglück erfasst hat, aber so ist es nicht!«

»Sondern wie, Ljudmila Antonowna? Meinen Sie also, es liegt alles nur an den Kindern?«

»Na klar! Die leben wie die Maden im Speck. Der Staat tut alles für sie, nicht zu vergessen die vielen Sponsoren …«

»Ja, das sehe ich an Ihrem Wagen«, wirft Fortow ein.

»Wie meinen Sie das?«, schnaubt die Direktorin.

»Ach nichts, Ljudmila Antonowna, achten Sie nicht auf ihn …«

»Ein schlechter Witz, junger Mann! Ihre Eltern haben Ihnen wohl keine Manieren beigebracht, wenn Sie es sich erlauben, so mit einer Fremden zu sprechen! Eine Frechheit!«

»Ljudmila Antonowna, Sie haben vorhin gesagt, diese Kinder haben absolut alles …«

»Absolut alles! Wann waren Sie zum Beispiel das letzte Mal in Griechenland?«

»Vor ein paar Jahren, mit meiner Frau, als sie noch …«

»Sehen Sie, Sie waren in Griechenland, und die Kinder auch!«

»Das ist schön, aber was hat das mit der Sache zu tun?«

»Sehr viel sogar!«

Beim Stichwort Griechenland muss Koslow an eine Sprachnachricht denken, die ihm seine Frau nach der Trennung schickte:

Koslow, ich bin gerade in einer Fotoausstellung mit krassen Bildern von Tschetschenien, von den Zerstörungen im Krieg. Du hast so eine Katastrophe verdaut, wie kann es da sein, dass du mich nicht vergessen kannst?!

Wieso sie ihm das aufgenommen hatte, verstand Koslow nicht. Zu offensichtlich war für ihn, dass man mit der Kraft der Liebe jede Tragödie aushalten konnte, aber nach deren Verlust auch an Kleinigkeiten Schiffbruch erlitt. So reagierte er nicht auf Danas Nachricht, und eine Woche später rief sie ihn an, um ihm mitzuteilen, dass sie ein paar Tage nach Athen fliege. Sie bat ihn, auf die Tochter aufzupassen, und fügte zum Abschied hinzu:

Wenn du willst, kannst du in der Zeit bei uns woh-
nen ...

Zwei Wochen wartete Koslow ungeduldig darauf, in sein Zuhause zurückzukehren. Als er aufgeregt die Tür aufmachte, begann eine Reise in die
Vergangenheit. Alles war wie früher: der Tisch, der
Stuhl, der Schrank. Die Bilder, die Kommode, die
Skelette der Kleiderhaken ohne seine Hemden.
Drei Nächte durfte er hier verbringen, und sein
einziger Wunsch war, dass diese Zeit nie zu Ende
gehen würde. Wenn er wenigstens Magnete mit Kü-
chenansichten oder Postkarten mit einem Wohn-
zimmerpanorama zum Andenken in seine kleine
Mietwohnung hätte mitnehmen können ...

Drei Tage und drei Nächte studierte der Ermittler die Sehenswürdigkeiten seiner Wohnung und
hoffte sehr, dass ihm die Frau bei ihrer Rückkehr
das Visum verlängern würde. Aber das passierte
nicht. Dana stellte den Koffer ab und ging wortlos
duschen. Koslow begriff, sie würde nicht aus dem
Badezimmer kommen, bevor sie die Wohnungstür
ins Schloss hatte fallen hören. Also packte er seine
Sachen und kehrte in die Gegenwart zurück.

»Störe ich Sie?«

»Verzeihung, ich war in Gedanken. Sie sind also
der Meinung, dass unser Aufenthalt hier sinnlos ist?

Dass wir hier nichts zu suchen haben? Niemand hat die Kinder misshandelt, und sie waren in keiner dieser Suizid-Gruppen in den sozialen Medien?«

»Von Suizid-Gruppen weiß ich nichts – unsere Zöglinge haben Zugang zum Internet, aber wir kontrollieren sie nicht. Aber dass keines der Kinder schlecht behandelt wurde, das kann ich bezeugen. Denen wird kein Härchen gekrümmt. Wir haben hier überall Kameras stehen, Sie können sich alles ansehen.«

»Na ja, Sie wissen ja, die Kameras sehen auch nicht immer alles.«

»Das ist vielleicht bei Ihnen im Ermittlungskomitee so, dass Sie nicht immer alles sehen, aber wir hier bei uns, wir kriegen alles mit! Noch einmal, wir handeln streng im Rahmen des Gesetzes und gehen mit diesen Kindern überaus sorgsam um, auch wenn sie es manchmal anders verdienen würden. Alles, was das Gesetz vorschreibt, bekommen sie, und sogar noch mehr!«

Koslow stellt ihr noch ein Dutzend Fragen und belässt es dabei. Er sieht ein, dass es hier nichts mehr zu besprechen gibt.

Als die Heimleiterin hinausgeht, reibt Koslow sich die Augen. Fortow ergreift die Gelegenheit, um ihn zu fragen:

»Alexander Alexandrowitsch, was ist das für eine Geschichte, dass Sie schon mal hier waren? Was haben Sie hier gemacht?«

»Hab gegen ihren Bürgermeister ermittelt.«

»Stimmt, der Revierinspektor hat im Auto so was angedeutet. Tatsächlich? Erfolgreich?«

»Mhm …«

»Verstehe …«

»Was verstehst du, Fortow?«

»Dass sie etwas verschweigt, Alexander Alexandrowitsch, genau wie Sie …«

»Und was machen wir jetzt?«

»Wir vernehmen ihren Stellvertreter.«

»Wozu?«

»Haben Sie ihren Wagen gesehen? Der Mensch, der auf ihren Posten scharf ist, hat uns bestimmt was zu erzählen!«

›Der wird's noch zu was bringen‹, denkt Koslow. ›Kann sogar denken. Ist noch grün hinter den Ohren, aber weiß schon genau, mit wem man reden muss und wie …‹

»Und du glaubst, das hat noch keiner gemacht?«

Wieder eine Zigarette im Mund, beschließt Koslow, sich trotzdem als Nächstes mit den Kindern und ihrem Heimarzt zu unterhalten.

»Hör mal, Fortow, lad mir zuerst mal ihren Obermedikus ein, und eins der älteren Mädels …«

»Ha, eins der älteren Mädels – das kann ich gut, Alexander Alexandrowitsch!«

»Weiß ich doch, Fortow, aber mach einfach, was man dir sagt.«

»Heute noch? Heute ist es ja wohl schon zu spät, oder?«

»Nein, nein, bring sie sofort her, wir haben keine Zeit zu verlieren!«

Fortow verlässt das Dienstzimmer, und während Koslow ihm nachsieht, denkt er, dass sie nicht nur mit den Heimkindern, sondern auch mit den Drogenvertickern reden müssen. Jemand, der den Kids Naswar oder Spice verkauft, hat bestimmt brauchbare Informationen. Die Dealer fallen dem Ermittler deswegen ein, weil er selbst gern einen finden würde. Einen, der ihm ein Stück Vergangenheit verkaufen könnte. Einen glücklichen Tag mit seiner Familie, einen Morgen oder Abend mit seiner Frau.

Er raucht auf, wirft die Kippe aus dem Fenster und setzt sich wieder an den Tisch.

Zehnter Gesang

In einem winzigen Zimmer des Provinzhotels sitzt die Moskauer Journalistin und betrachtet ihre Nägel. Sie braucht dringend eine Maniküre. Auf dem Bett liegt ein Notizbuch, in dem erst ein Satz steht:

Jeden Tag werden in Russland dreizehn Kinder ins Heim zurückgebracht.

Agata gefällt dieser Einstieg. Sie findet das eine richtig heiße Story. Das Einzige, woran sie noch zweifelt, ist die Satzfolge.

Vielleicht besser so?

Dreizehn – so viele Kinder werden in Russland täglich ins Heim zurückgebracht …

Während sie noch am ersten Satz herumfeilt, spürt sie schon, dass dieser Beitrag viele Likes bekommen wird. In ihrem Notizbuch hat sie ein paar Skizzen gesammelt, die sie nun in ihren Laptop tippen will. Kurze Phrasen, einzelne Wörter und noch nicht ausformulierte Beobachtungen zum Provinzstädtchen Ostrog. Sie legt es aufgeklappt vor sich hin und fängt an, sich ihre Notizen vorzulesen und wie immer mit sich selbst zu diskutieren:

»Gleich damit loslegen, dass man sich hier am liebsten erhängen würde? Nein, das ist zu primitiv! Dafür haben sie mich nicht auf Dienstreise geschickt. Ein detaillierter Reiseführer für Selbstmörder ist ein Kinderspiel, da kann man irgendeinen Ort in Russland nehmen. Was hab ich bisher herausgefunden? Nichts. Was hab ich an Emotionen? Hm …« Vor sich hin flüsternd, blättert sie in ihren Aufzeichnungen. »Über der Stadt hängt ein Unheil … Nein … Einsamkeit, Ohnmacht und Angst, wohin das Auge reicht … Auch nicht … Verwirrung und Paranoia, ein Gefühl der Entfremdung … Das klingt krass, das nehm ich! Leere Straßen und eine Landschaft, die die Menschen in die Irre führt. Bitternis, so weit das Auge reicht, und grenzenloses Unglück. Gnadenlose Leere … Klingt ja alles nicht übel, aber … Das Vögelchen des Glücks fliegt ins Nirgendwo …«

Nur die letzte Formulierung in die Tastatur geklopft, lehnt sich Agata im Sessel zurück und denkt an den Ermittler. Von allen Männern, die sie bisher hier gesehen hat, gefällt er ihr am besten. Er kommt ihr so solide und vertrauenswürdig vor.

Während sie tagträumt, fängt das Objekt ihrer neuen Begierde das nächste Gespräch an. Diesmal sitzt ihm eine siebzehnjährige Heimbewohnerin gegenüber. Kaum hat sie das Dienstzimmer betreten, hat er bemerkt, dass sie schwanger ist.

»Was sehen Sie mich so an, Alexander Alexandrowitsch, ich war's nicht!«, witzelt Fortow, woraufhin Koslow ihm einen stummen Blick zuwirft.

»Hallo!«, wendet er sich an das Mädchen.

»Guten Tag!«

»Du warst gerade beim Essen, stimmt's?«

»Hat er Ihnen das gesagt? Er hat mich direkt vom Tisch weggeholt ...«

»Nein, du hast da Pflaumenmus oder so was an der Wange ...«

»Ach so ...«

»Magst du gern Süßes?«

»Ja.«

»Und was isst du am liebsten?«

»Instantnudeln mit Mayo.«

»Und was magst du am wenigsten?«

»Essen?«

»Nein, überhaupt – im Leben, im Kinderheim, was hasst du am meisten?«

»Tratsch.«

»Tratsch?«

»Ja. Ich hasse es, dass alle die ganze Zeit tuscheln

über mich und mich beurteilen. Wie ich mit Kolja Apechtin gegangen bin, hab ich ihm Fotos geschickt, die hat er allen gezeigt, und das ganze Heim hat über mich gelästert, auch die Erzieher.«

»Ist er der Vater?«

»Ich weiß nicht, wer der Vater ist, ich glaube aber nicht. Eher Rinat Kassimow ...«

»Rinat? Der, der Suizid begangen hat, ist womöglich der Vater deines Babys?«

»Ja.«

Koslow tauscht einen Blick mit Fortow aus und findet ihn gar nicht mehr so bescheuert. Immerhin hat er diesen Zusammenhang entdeckt und ein Mädchen gebracht, das mit einem der Selbstmörder befreundet war. Fortow grinst erfreut, er ist sehr zufrieden mit sich.

»Erzähl uns von Rinat, bitte ...«

»Was soll ich denn erzählen?«

»Hat er dir jemals gesagt, dass er nicht mehr leben will?«

»Na ja, wir sind im Waisenhaus – da sagen ständig alle, dass sie sich umbringen ...«

»Gut, aber gab es irgendwelche Handlungen, die darauf hinwiesen, dass er zur Tat schreiten wird?«

»Zum Beispiel?«

»Na, zum Beispiel ... dass er ...«

»Dass er sich die Handgelenke aufgeritzt hat?«

»Zum Beispiel.«

»Hier ritzen alle an ihren Unterarmen rum, zwanzigmal am Tag.«

»Du auch?«

»Na klar! Seit ich sieben bin. Ich hab gesehen, wie das die Großen machen, und hab es nachgemacht.«

»Denkst du an Selbstmord?«

»Nein, ich ritze nur, wie alle anderen.«

»Und eure Erzieher, sehen die das?«

»Na, klar sehen die das! Die wissen alles über uns.«

»Und was sagen sie dazu?«

»Nichts Besonderes … Sie reden halt mit uns, schimpfen, schicken uns zur Frau Direktor, aber das nur ein einziges Mal, ansonsten brüllen sie nur rum.« Während sie spricht, zieht das Mädchen die Ärmel bis über die Fingerknöchel, aber Koslow hat die Narben an ihren Handgelenken vorhin schon bemerkt.

»Wenn du dich umbringen willst, musst du der Länge nach schneiden und nicht quer. So kommst du nicht weit.«

»Echt?«

»Ja. Na gut, erzähl mir mal bitte, hatte Rinat Probleme mit Lehrern, Erziehern oder mit anderen Kindern?«

»Woher soll ich das wissen?«

»Wart ihr nicht befreundet? Du hast doch gerade gesagt, er ist wahrscheinlich der Vater deines Kindes.«

»Vielleicht ist es auch jemand anders … Ich weiß es nicht … Ist ja nicht wichtig …«

»Und was ist wichtig?«

»Gar nichts! Wir waren nur zwei Wochen zusammen … Dann hab ich ihn verlassen, weil er mich beschissen hat.«

»Kann es sein, dass er sich umgebracht hat, weil du ihn verlassen hast?«

»Nein, das bestimmt nicht! Dazu ist es zu lange her. Er ist danach noch mit Katja Jerochina gegangen.«

»Kann es für ihn eine Belastung gewesen sein, dass du schwanger bist?«

»Glauben Sie, ich bin die Erste, die er geschwängert hat, oder was?«

»Da waren noch andere Mädchen?«

»Na klar!«

»Und Kinder gibt es auch schon?«

»Nein, sie hatten alle Fehlgeburten.«

»Wusste er das?«

»Alle wussten das.«

»Und warum hatten sie Fehlgeburten?«

»Weil die Mädels keine Kinder wollten.«

»Und die Erzieher wussten von diesen Schwangerschaften?«

»Na klar! Ich sage ja, die wissen immer alles.«

»Und was machen sie in so einem Fall?«

»Nichts, sie wissen ohnehin, dass wir was unternehmen.«

»Und was?«

»Mal so, mal so. Meistens trinken wir Jod, aber es gibt da verschiedene Methoden ...«

»Heißt das, wenn die Erzieher erfahren, dass eine von euch schwanger ist, dann lassen sie euch einfach Zeit, damit ihr das selber regelt?«

»Ja ...«

»Und warum behältst du dein Kind?«

»Ich bin nicht so wie die anderen. Ich hab nicht mehr lange. Ich bin hier bald draußen, und dann will ich meinen Sohn zu einem normalen Menschen erziehen, ich will ihm das alles hier ersparen ...«

Koslow reibt sich die Augen. Fortow lächelt noch immer. In diesem Moment meint der Justizleutnant, den Fall schon gelöst zu haben. Ohne Rücksicht auf das Mädchen hält er es sogar für angebracht, das herauszuposaunen:

»Da sehen Sie, Alexander Alexandrowitsch! Die Atmosphäre hier ist ganz offensichtlich ungesund. Man kann hier absolut nicht leben, das liegt doch auf der Hand! Da machen sich die Mädels ihre Abtreibungen selber, und Sie fragen noch, warum sie Suizid begehen! Der ganze Laden hier gehört dringend geschlossen!«

Das Mädchen sieht Fortow erstaunt an, Koslow fährt sich mit der Zunge über die Zähne.

›Schuster, bleib bei deinen Leisten‹, denkt er. Er weiß, sie sind noch keinen Schritt weiter. Die Kleine erzählt von Alltäglichem, von der Routine und von den Spielregeln. Den Anstoß zum Suizid hat etwas anderes gegeben, etwas Unwahrscheinliches, etwas, das aus der Reihe fiel. Nur die totale Kapitulation des gewohnten Weltbilds kann Jugendliche zu so einem Schritt verleiten. Was dieses Mädchen berichtet, ist ja zweifellos nützlich, aber noch keine Antwort auf die zentrale Frage: Wer oder was hat die Kinder zum Suizid bewogen?

Koslow schnieft und denkt mit Bedauern, dass das Ganze noch immer nach bloßer Fahrlässigkeit aussieht und es nach wie vor keinen Grund gibt, Paragraf 110 anzuwenden – Anstiftung zum Suizid.

Nach ein paar Niesern signalisiert er dem Mädchen, dass es gehen kann. Fortow bringt sie hinaus und kehrt mit kindischer Freude ins Dienstzimmer zurück:

»Na? Was sagen Sie jetzt, Alexander Alexandrowitsch?«

»Nichts …«

»Vielleicht haben die anderen Mädels dasselbe durchgemacht?«

»Vielleicht. Aber mit den Suiziden hat das wenig zu tun. Wichtig ist, Fortow, wovor sie Angst hatten …«

»Ist doch logisch, wovor sie Angst hatten – sie hatten Angst, Kinder zu kriegen, was sollen sie denn mit denen?«

»Fortow, die leben im Kinderheim. Keiner auf der ganzen Welt weiß besser als diese Kids, was man mit ungeplanten Babys macht.«

»Manchmal verstehe ich Sie nicht, Alexander Alexandrowitsch. Wenn man Ihnen zuhört, dann kann diese Kinder nichts mehr erschüttern. Dies wirft sie nicht aus der Bahn und jenes auch nicht. Was hat sie denn nun in den Selbstmord getrieben, wenn sie auf alles gefasst sind?«

»Das ist es ja, Fortow, genau das ist es! Endlich verwendest du deinen Kopf nach seiner Bestimmung, anstatt nur Essen hineinzuschaufeln. Die Heimleiterin hat ja recht damit, dass das Kontingent alles andere als einfach ist. Mit diesen Kindern muss also etwas ganz Besonderes passiert sein, dass sie Hand an sich gelegt haben.«

»Wie werden sie eigentlich bestattet?«, fragt der Goldjunge plötzlich.

»Die Heimatlosen?«

»Was für Heimatlose? Diese Waisenkinder!«

»Sag ich ja, Heimatlose. Säufer, Penner, Serien-mörder und Heimkinder werden alle gleich bestat-tet – in einer verwahrlosten Ecke des Friedhofs. Das Kinderheim meldet der Polizei den Tod eines Zöglings, und dann wird die Leiche von Mitarbei-tern des entsprechenden Dienstes abgeholt, denen, wie du dir denken kannst, die toten Kinder scheiß-egal sind. Sie besorgen einen billigen Sarg, werfen die Leiche hinein, fahren auf den Friedhof und ver-senken die Kiste in einer ausgebaggerten Grube.«

»Warum keine richtige Beerdigung?«

»Wer würde die denn bezahlen?«

»Da gibt es doch bestimmt einen Posten im Staatsbudget: für die Bestattung von Waisenkin-dern?«

»Genau! Drum werden sie ja weder in den Fluss geworfen noch in eine Baugrube, sondern kommen schön brav auf den Friedhof. Manchmal gibt es natürlich Ausnahmen, da findet sich ein Sponsor für einen Grabstein, oder es tauchen entfernte Ver-wandte auf, aber das ist nicht der Normalfall. Dann kommt auf den Erdhügel ein Kreuz mit einem Schild, auf dem meistens nur der Vorname steht. Das Kreuz bleibt ein Jahr, mit etwas Glück zwei Jahre stehen, bis es unter den Ketten des Bulldozers verschwindet, der eine neue Grube aushebt.«

»Das ist jetzt aber *fake,* Alexander Alexandrowitsch.«

»Wie meinen, Fortow?«

»Das kann es doch nicht geben!«

»Dann geh, und sieh es dir an, dann erfährst du auch gleich, wie dein Volk abseits der Hauptstadt lebt.«

»Was, und die jetzigen Toten wurden auch so begraben?«

»Der Erste ganz sicher, ja. Bei den anderen war die Presse schon da, da hat man sie wahrscheinlich mit Kränzen und Blumen von den Randgräbern geschmückt. Wobei ich glaube, dass das nicht die Bestatter gemacht haben, sondern die Kameraleute, damit das Bild besser aussieht ...«

Fortow ist ernsthaft erschüttert. Ein Blick auf die Uhr sagt Koslow, dass sie dringend das nächste Gespräch anfangen müssen.

»Ist der Arzt schon da?«

»Ja, er sollte gebracht worden sein.«

»Was stehst du dann noch rum? Hol ihn rein!«

Elfter Gesang

Zu Mittag kommt ein Aufseher in die Zelle. Petja hat auf diesen Moment gewartet und empfängt den Uniformierten wie ein Sohn den Vater bei dessen Heimkehr von einer Reise – mit einem strahlenden Lächeln.

»Ein Missverständnis, stimmt's?«, lispelt Petja. »Ich warte hier schon die ganze Nacht, können Sie sich das vorstellen? Ist jetzt alles geklärt, ja?«

»Schnauze, Pawlow! Hände auf den Rücken und Gesicht zur Wand!«

Etwas irritiert leistet Petja Folge. Er versteht ja, dass dieser Mann angesichts der schwierigen Bedingungen, unter denen er arbeitet, streng sein muss. Sich jeden Tag mit Mördern und Räubern herumzuschlagen ist bestimmt kein Vergnügen, der Aufseher kann einem leidtun.

Petja wird durch die vertrauten Korridore geführt. Er hört, wie in der Nähe ein Radio läuft. Eine sehr berühmte Interpretin singt:

Winde wehn vom Meer,
Winde wehn vom Meer,
bringen Unglück her,
bringen Unglück her …

Bei der letzten Zeile wird Petja ins Arztzimmer ge-
schubst. Hier sind viele fremde Leute und nur ein
alter Bekannter – Revierinspektor Michail.

»Guten Tag!«

»Halt's Maul, Petja!«

»Wie bitte?«

Diese Unhöflichkeit entmutigt Petja.

›Warum redet er so mit mir?‹

Petjas Lächeln schwindet. Unter dem Druck
fremder Hände setzt er sich gehorsam auf den
Stuhl. Menschen in sterilen Handschuhen herrschen ihn an, den Mund aufzumachen, und fahren
ihm mehrmals mit Wattestäbchen über die Innen-
seiten der Wangen. Dann nehmen sie ihm Blut ab
und reißen ein paar Haare aus.

»Michail Leontjewitsch, kann ich irgendwie be-
hilflich sein?«

»Klappe, Petja!«

Genauso schnell bringen sie ihn zurück in die
Zelle. Ein jähes und das einzige Ereignis des Tages.
Petja setzt sich auf das Eisenbett, noch immer ganz
durcheinander. Er versteht nicht, was da passiert.

Es ist wie ein merkwürdiges Spiel. Einmal hin, einmal her. Daran, dass er keine Gesetze gebrochen hat, kann doch wohl kein Zweifel bestehen, aber wieso halten sie ihn dann hier fest?

Petja starrt auf die verbeulte Blechtür seiner Zelle. Er fühlt sich durchaus berechtigt hinzugehen, ein paarmal dagegenzuhämmern und eine Erklärung zu fordern. Aber gleich in der nächsten Sekunde verwirft er diese Idee. Er will den Polizisten nicht zur Last fallen. Er weiß ja, wie viel Arbeit sie dieser Tage haben.

›Ich muss ihnen irgendwie weiterhelfen, statt sie zu stören. Bestimmt haben sie mich eingeladen‹, beruhigt er sich, ›weil ich ihnen nützlich bin. Ich muss einfach warten. Bald wird Michail Leontjewitsch zu mir kommen und alles aufklären …‹

Zwölfter Gesang

Nach dem Gespräch mit dem Arzt beschließt Alexander, dass es für den ersten Tag genug ist. Alles Gehörte und Gelesene muss erst mal verdaut werden. Nicht das ganze Pulver auf einmal verschießen.

Der Arzt hat nichts Besonderes erzählt. Im Bewusstsein, dass er zum Kreis der Verdächtigen gehört, hat er ausführliche Antworten gegeben und nichts verheimlicht. Grau und gesichtslos hat er gewirkt, weder klug noch schlau noch böse. Ein Ostroger Musterbürger, nur am Schluss kam eine interessante Bemerkung:

»Darauf bin ich nicht selbst gekommen, aber ich will es hier trotzdem deponieren: Ist es nicht bemerkenswert, wie ein Suizid das ganze bisherige Leben des Heranwachsenden in den Schatten stellt? Verstehen Sie?«

›Interessant‹, pflichtet Koslow ihm im Stillen bei und teilt Fortow mit, dass er den Abend allein verbringen will.

»Geh mal ohne mich aus, Fortow, nimm eine Nase voll Lokalkolorit.«

»Als ob man hier ausgehen könnte.«

»Na, wenigstens ins Café Bastille – da wolltest du doch jemanden begatten.«

Eine Stadt wie ein Ostinato. Wohin man auch blickt – überall dasselbe. Ein stetiges Anschwellen von nichts. Eine Hypnose. Ein dem Finale zu ohrenbetäubend werdendes Crescendo der Leere und pausenlose Variationen der Ausweglosigkeit. Die unendliche Wiederholung eines Ortes, dem alles Lebendige entzogen worden ist.

Auf dem Weg ins Wohnheim, entlang der Einspurbahn die verschneiten Schwellen zählend, sinniert Koslow darüber, dass Schwarz in unserer Kultur Tragik und Schmerz symbolisiert, ihm jedoch immer Kulturen näher waren, in denen Weiß für Tod und Trauer steht. Weiß wie dieser Schnee.

Am Bahnübergang blinken die Lichter rot. Er könnte noch queren, bleibt jedoch stehen und sieht zu, wie sich langsam und synchron, von einem schauderhaften Quietschen begleitet, die Schranken senken. Auf der anderen Seite vibriert ein Clio. Das gleiche Modell, wie es der Revierinspektor hat, nur in Weiß. Auf dem Autodach zwei Eheringe und ein Schwan aus Pappmaché. Im Wagen sitzt nur der

Chauffeur. Kein Brautpaar auf dem Rücksitz. Der Ermittler will sich das Gesicht des Fahrers genauer ansehen, aber zu spät – der Lastenzug fegt durch wie ein Schneeball.

Im Hotel nimmt Koslow eine Dusche und widmet sich seiner allabendlichen Routine: Zähne putzen, Nasenspülung, Augentropfen, und mit jodgetränkten Wattestäbchen versucht er, seine Ohren zu desinfizieren. Es gelingt ihm nicht sofort. Die ersten beiden Wattestäbchen knicken ab.

›Mit denen stimmt etwas nicht‹, denkt er und betrachtet die kleinen, an Ruder erinnernden Dinger.

Dann lässt er sich aufs Bett fallen, nimmt seine Zeitschrift, schlägt sie genau in der Mitte auf und liest die erstbeste Erzählung.

Das ist der Anfang vom Ende. Nachdem er sich davon überzeugt hat, dass der Hund eingeschlafen ist, gibt Alexej ihm die zweite Spritze. Der Tod setzt sich in Gang. Das Präparat blockiert die Tätigkeit der Atemorgane, und gierig nach Luft schnappend erstickt das Tier allmählich.

Das Hundeherz wird in wenigen Minuten stehen bleiben. Damit der Polizeibeamte, der Schuhüberzieher trägt, es überprüfen kann, bekommt er vom Tierarzt ein Stethoskop. Nachdem er den Hund ein letztes Mal gestreichelt hat, geht Alexej zum Fenster und versucht, sich an den Tag zu erinnern, als das Tier zum ersten Mal hier war.

Es war um dieselbe Jahreszeit vor drei Jahren gewesen. Die Papiere für die Scheidung waren damals schon eingereicht. Seine Frau gab letzte Grobheiten von sich, und Alexej suchte eine neue Wohnung. Kaum kam der Hund ins Behandlungszimmer, war Alexej klar, dass der Ärmste zum Sterben hergebracht wurde. Nach einigen Jahren in der Klinik konnte Alexej zweifelsfrei die Tiere erkennen, die nicht wieder mitgenommen werden sollten. Der Besitzer grüßte nicht.

»Was kost' das?«

»Was genau?«

»Weißt schon.«

Alexej wusste es tatsächlich, wollte aber, dass der dreiste Mann die Bitte laut aussprach. Der Hund gefiel dem Tierarzt, der Mann nicht.

»Einschläfern – wie viel?«

»Das müssen Sie bei der Anmeldung fragen.«

»Jetzt bin ich hier drin, Doktor – und da ist 'ne Schlange.«

»Erst muss ich ihn wiegen. Bis zehn Kilo sind es tausendsechshundert Rubel, danach zwei …«

»Was macht das für einen Unterschied, wie viel er wiegt?«

»Davon hängt ab, wie viel vom Präparat ich spritze.«

»Klar. Also zwei Riesen? Machst ja gut Schotter hier, Onkel Doktor.«

Es war ein Basset, eine Hündin, fünf Jahre alt. Absolute Faulheit, ein sicheres Zeichen für einen außergewöhnlichen Verstand, und unendliche Trauer im Blick, der jetzt allerdings aus zwei trüben Pupillen kam. Als er das Halsband abnahm, an das ein St.-Georgs-Band geheftet war, fragte der Tierarzt:

»Name?«

»Wladimir.«

»Ich meine den Hund.«

»Ah ... was macht das verflucht noch mal für einen Unterschied jetzt«, krächzte der Mann und lächelte über seinen eigenen Witz.

»Hat sie das schon lange?«

»Wahrscheinlich ... hat schon alles zerkratzt ... ruiniert das ganze Haus, blinde Trine.«

»Warum sind Sie nicht früher gekommen?«

»Haben's nicht gemerkt.«

»Verstehe. Ich würde an Ihrer Stelle nichts überstürzen – es ist grauer Star. Ich denke, nach einer Operation wird sie wieder gut sehen.«

»Und was kost' die Operation?«

»Sechsunddreißigtausend.«

»Sechsunddreißigtausend?! Seid ihr hier alle be-kloppt? Sechsunddreißig Tausis, damit der Köter neue Glubschis kriegt? Das ist ein Hund, kein Mensch! Ich sag doch, die soll eingeschläfert wer-den ...«

»Gut«, hatte der Tierarzt geantwortet.

Der Polizeibeamte will an den Tisch treten. Alexej gibt ihm zu verstehen, dass es zu früh ist. Der Hund stirbt noch. Das Fenster ist geöffnet. Aus der Mu-sikschule gegenüber dringt eine (wie der Herbst) schwermütige Sonate von Scarlatti. Der Tierarzt hört die traurige Melodie und erinnert sich, wie er damals, vor drei Jahren, beschloss, den Hund zu sich zu nehmen. Seine Frau war allergisch, aber dieses Problem hatte die Scheidung gelöst. Ein Bas-set war nie sein Traum gewesen. Er wusste nur, dass Bassets eigenwillig und empfindlich waren und zur Verfettung neigten. Einige hatte er behandelt. Fast alle hatten Probleme mit dem Rücken, aber diese Hündin hier nicht, sie war stark. Der Tierarzt bekam die Zweitausend, bat den Besitzer, den Vertrag zu unterschreiben, und schickte ihn nach Hause. Den Kollegen erklärte er, dass er das Tier nicht einschläfern wolle. Die verstanden das. Zeig-ten Mitleid. Mit dem Tierarzt. »Eine Scheidung ist hart«, sinnierten sie beim Rauchen mit den Nach-

wuchsmusikern auf dem Hinterhof der Klinik, »der Mensch hat immer Angst, allein zu bleiben.«

Alexej rief die Maklerin nochmals an und sagte ihr, er suche eine Wohnung, »wo man mit Hund darf«. Die Frau warnte ihn, das werde teurer, versprach aber zu helfen. Nach Hause zurück konnte Alexej nicht – seine bald schon ehemalige Frau hätte sich auf jeden Fall eine kleine, fiese Rache einfallen lassen. Also hauste Alexej eine Woche lang zusammen mit dem Basset in seinem Behandlungszimmer. Er streckte dem Hund die Handfläche entgegen und wartete, bis das Tier seine Hand beschnuppert hatte. Erst dann streichelte er es, aber nicht über den Kopf, sondern unter dem Kinn, denn so lehrten es die Kynologen, und das ist das Ende vom Anfang.

Er legt eine kurze Pause ein, langt nach seinem Handy und sieht auf dem Display eine Nachricht von seiner Frau:

HALLO KOSLOW, WIE GEHT'S DIR?

Er weiß nicht, was er zurückschreiben soll, weswegen er das Telefon wieder weglegt und weiterliest.

Bei der Operation fragte der Assistent:

»Wie heißt sie?«

Alexej überlegte, und kurz darauf, während er noch die Katarakt operierte, antwortete er:

»Themis.«

Sie gewöhnten sich allmählich aneinander. Er an ihre Gewohnheiten – sie an den Namen. Alexej rief sie mit dem Napf in der Hand, und nur, wenn das Tier auf den neuen Namen reagierte, beugte er sich herab und gab ihr das Futter. An die Wohnung konnte sich Themis lange nicht gewöhnen und ver- dreckte in der ersten Zeit das Wohnzimmer. Alexej war darauf vorbereitet und tat alles, damit das Tier sich rasch beruhigte. Während der Hündin das neue Zuhause verständliche Probleme bereitete, schien ihr der Hof sofort zu gefallen. Der Tierarzt staunte, wie Themis sich bereits beim ersten Spaziergang in der Gegend zurechtfand. Übrigens sollte er einige Jahre später verstehen, warum.

Das Sehvermögen kehrte zurück. Die Ehefrau be- kam ihre Scheidung. »Du kannst dir gar nicht vor- stellen, wie glücklich ich bin.«

»Warum?«

»Weil es in meinem Leben keine Tiere mehr geben wird«, antwortete sie und nieste zum Abschied.

Mit Themis war es lustig und kompliziert. Jede Fütterung wurde zur Zirkusnummer. Damit die langen Ohren nicht in den Fressnapf gerieten, befestigte Alexej sie mit einer Klammer. Er spürte, dass der Hund Sehnsucht nach seinem alten Herrchen hatte. Häufig zog Themis den Tierarzt beim Gassigehen in den Nachbarhof, als sei dort ihr altes Zuhause.

Im Winter setzte sich Themis gern auf gefrorene Pfützen und wartete, bis Alexej sie übers Eis zog. Im Frühling, Sommer und Herbst liebte sie kleine Sprints, die stets im Nachbarhof endeten. Abends nahm das Tier im Sessel Platz, und Alexej, der sich danebensetzte, schlug das Große Bedeutungswörterbuch auf und las:

»Themis – Tochter des Uranos und der Gaia. Konnte die Zukunft vorhersagen und half Zeus, den Trojanischen Krieg zu entfesseln.«

Und das ist die Mitte. Die Mitte, weil hier alles hätte enden können, aber eines Tages riss sich Themis los und rannte dorthin, wo sie vor der Operation gelebt hatte. Als Alexej den Basset eingeholt hatte, sah er ihn zu Füßen eines Mannes, der ihm bekannt vorkam.

Themis bellte und wedelte mit dem Schwanz. Alexej hatte den ehemaligen Klienten nicht erkannt, die Hündin jedoch sofort. Themis jaulte, stürzte zu ihrem alten Herrchen, aber der wollte sie nicht mal streicheln.

»Hör mal, ist das nicht mein Hundevieh?«

»Ja«, antwortete der Tierarzt, dem auf einmal klar wurde, warum Themis diese Gegend so gut kannte.

»Ich hab dir doch gesagt, du sollst ihn einschläfern.«

»Meine Kollegen und ich haben beschlossen, den Hund lieber zu behandeln.«

»Wieso habt ihr das beschlossen, verdammt? Das ist mein Hund!«

»Ja, aber Sie haben ihn doch abgegeben …«

»Nicht deine Sache. Ich habe dir zwei Riesen gezahlt.«

»Ich kann Ihnen das Geld zurückgeben.«

»Ich brauch dein Geld nicht – gib mir den Hund zurück.«

»Nein!«

Der ehemalige Besitzer wollte sich Themis holen, aber der Tierarzt schubste ihn, sodass er zu Boden fiel.

»Na gut, du Sau«, brüllte der Mann, während er sich den Dreck abklopfte, »dir werde ich's noch zeigen.«

Gleich am nächsten Morgen klingelte in der Klinik das Telefon. Der erzürnte Klient forderte den Hund zurück und versprach, »sie alle dranzukriegen«. Alexejs Kollegen meinten, man solle den Verrückten ignorieren (solche Anrufe gab es ab und zu), aber einige Wochen später erhielt der Tierarzt eine Gerichtsvorladung.

Alexej schrieb seiner Ex-Frau eine SMS und erklärte, er brauche Hilfe: »Immerhin bist du ja Anwältin«, schloss er. Sie schickte zunächst nur GIFs, war dann aber bereit, beim Prozess dabei zu sein. Seine Ex-Frau erklärte, sie müssten folgendermaßen vorgehen:

»Du weißt ja selbst, nach russischem Gesetz hat ein Hund einen Eigentumswert, und der Besitzer hat das Recht, über sein Eigentum so zu verfügen, wie es ihm beliebt, bis hin zur Vernichtung. Wenn du deinen Schrank verbrennst, wird niemand etwas einwenden. Mit Tieren ist es natürlich etwas komplizierter – man muss human mit ihnen umgehen, aber wenn er darauf besteht, dass er den Hund einschläfern wollte, weil der litt, dann sind wir machtlos. Man hätte sich gütlich einigen können, aber das wird der Richter nicht vorschlagen, weil die Richter bei uns vorm Prozess die Akten gar nicht lesen. Ich denke, es wird nur eine Anhörung geben – niemand hat Lust, sich ewig mit solchen Bagatellen zu befassen. Also ziehen wir das Ganze am besten so auf, dass das Tier uns gehört ...«

»Wieso uns? Er kann doch leicht das Gegenteil beweisen.«

»Wie denn? Indem er die Hündin vor Gericht lädt? Bei uns kommt natürlich so manches vor, aber niemand wird einen Basset zur Zeugenaussage holen. Soll er mal beweisen, dass es seine Hündin ist.«

»Aber das geht ganz einfach. Er kann sie einfach mit ihrem alten Namen rufen.«

»Dafür müsste der Richter erst zustimmen, dass das Tier zum Gerichtstermin geholt wird.«

»Werden sie denn Themis für die Zeit des Prozesses einsperren?«

»Klar, und dann muss sie noch unterschreiben, dass sie das Land nicht verlässt.«

»Ich meine es ernst.«

»Außer dir schert sich niemand um diesen Hund.«

In der Nacht vor dem Gerichtstermin konnte Alexej nicht schlafen. Er war aufgebracht. Die ganze Situation kam ihm absurd vor. »Zum Teufel, da rettet man einen Hund, und dafür landet man vor Gericht!« Alexej ärgerte sich über Themis. »Wie kann man nur so dumm sein?!« Allerdings hatte der Hund ja nicht wissen können, dass es ihn all die Jahre in die Hände des Todes gezogen hatte. Außerdem ärgerten den Tierarzt die idiotischen Gesetze, nach denen er den Hund womöglich zurückgeben musste. Bis zum Morgen ging Alexej im Zimmer auf und ab, suchte nach Worten, die, wie er glauben wollte, den Hund retten konnten.

Im Sitzungssaal war es stickig. Die Richterin gähnte und fragte:

»Kennen Sie Ihre Rechte?« Der Kläger brummte »Nein«, warum auch immer, und die Richterin schnalzte mit der Zunge und ratterte die Rechte herunter. Anträge waren nicht eingegangen, einen Vergleich lehnte der Kläger ab. Als säße er wieder auf der Schulbank, hörte Alexej aufmerksam der Frau zu, die die Interessen des Geschädigten vertrat. Die Dame brabbelte selbstsicher:

»Nachdem der Besitzer den Hund als sein Eigentum erkannt hat, will er seine Rechte auf dem Prozessweg verteidigen. Wie wir wissen, kann ein Verstoß gegen das Eigentumsrecht zweifache Gestalt haben: Dem Besitzer wird sein Eigentum entzogen, und er kann nicht darüber verfügen oder es nutzen, oder der Besitzer wird daran gehindert, sein Eigentum zu nutzen und darüber zu verfügen. Wie wir es verstehen, wurde dem Besitzer im vorliegenden Fall sein Eigentum entzogen, und deswegen stellt er erstens die Forderung, das Eigentum aus fremdem, ungesetzlichem Besitz zu beschlagnahmen, und zweitens, da das Geld angenommen wurde, der Hund aber lebendig ist, dass die zu erbringenden Leistungen entsprechend ausgeführt werden.«

Während die Anwältin sprach, schaute Alexej sich im Saal um. Er hatte irgendwie damit gerechnet, eine Gipsstatue mit verbundenen Augen vorzufinden, aber außer Bänken und Stühlen gab es hier rein gar nichts. ›Armseliger als dieser Raum ist nur die Innenwelt dieses Kerls‹, dachte der Tierarzt mit Blick auf den Kläger.

»Somit halten wir es für notwendig«, schloss die Vertreterin des Geschädigten, »dass unserer Forderung auf Grundlage von Artikel 137 des Zivilgesetzbuchs der Russischen Föderation stattgegeben wird, wonach die allgemeinen Regelungen zum Eigentum auch auf Tiere anwendbar sind.«

Als die Anwältin des Klägers verstummte, erwartete Alexej, er werde nun Fragen beantworten müssen. Seine Ex-Frau hatte ihn angewiesen zu lügen. »Wenn die Richterin fragt, wessen Hund das ist, dann sag, er gehört uns.« Für sich jedoch hatte Alexej entschieden, nicht zu lügen, sondern zu erzählen, wie es wirklich gewesen war. ›Ich sage, ich wollte einfach das Tier retten‹, dachte Alexej. Der Tierarzt zweifelte nicht daran, dass er jeden vernünftig denkenden Menschen auf seiner Seite haben würde. Naiv ging er davon aus, die Situation

sei glasklar, und es könne keine andere Entschei-
dung geben, als das Tier ihm zu überlassen. Im Un-
terschied zum Tierarzt machte sich seine Ex-Frau
keine Illusionen. Sie wusste, dass guter Wille nichts
mit Rechtsprechung gemein hat. Als ihr das Wort
übergeben wurde, erklärte sie, der Besitzer habe
mit seinem Einverständnis zum Einschläfern auto-
matisch das Besitzrecht verwirkt, und das hieße, er
habe keinen Anspruch mehr auf den Hund ...

Nachdem sie beide Seiten angehört hatte, erklärte
die Richterin, das Gericht ziehe sich nun zur Bera-
tung zurück. Formal das Gesetz einhaltend, erhob
sie sich vom Tisch, ging zur Tür, öffnete sie und ...
kehrte an ihren Platz zurück.

»Nach Kenntnisnahme der Sache stellt das Ge-
richt fest, dass der Angeklagte dem Kläger den
Hund nicht zurückgeben muss, da der Kläger nach
Überlassung des Hundes an die Klinik zur Ein-
schläferung tatsächlich das Besitzrecht an seinem
Eigentum verloren hat, das im vom Kläger unter-
schriebenen Vertrag festgelegt ist. Das zum Ersten.
Dabei stimmt das Gericht zu, dass die Leistungen
zur Einschläferung des Tiers nicht in der erforderli-
chen Weise erbracht wurden, und verpflichtet den
Angeklagten, die ihm auferlegten Pflichten in vol-
lem Umfang zu erfüllen. Einen schönen Tag noch.«

Das Ende. Themis' Herz bleibt stehen. Der Tierarzt gibt das Zeichen. Der Polizeibeamte tritt an den Tisch, legt das Stethoskop an und überzeugt sich davon, dass die kleine Pumpe kein Blut mehr in Umlauf bringt. Das Tier ist tot. Der Polizeibeamte nickt und zieht sich mit einer jähen Bewegung die Gummihandschuhe von den Fingern. Alexej wirft sie in den Papierkorb. Offenbar der Aufforderung einer Lehrkraft folgend, fängt irgendwo drüben, in der Musikschule, ein Schüler oder eine Schülerin noch einmal an und spielt die Sonate von Scarlatti von vorn. Der Kreis schließt sich, und die Gerechtigkeit triumphiert.

Dreizehnter Gesang

Die Zwillinge sitzen auf dem Teppich. Lockige Haare, ein sandbraunes Kleid, die Augen türkis. Beide mit Kopfhörern. Ljubow im Lotussitz, Vera mit dem Laptop auf dem Schoß. Ljubow lauscht, wie die Luft durch ihre Nasenlöcher strömt, und versucht, ihren Atem zu kontrollieren, während Vera eine politische Talkshow ansieht.

Sie ist besorgt. Die Experten, denen sie absolut vertraut, warnen einstimmig davor, dass jeden Moment der Dritte Weltkrieg ausbrechen kann. Die Amerikaner planen einen Angriff auf Russland, und wenn alles so kommt, wie in der Sendung beschrieben, wird von Ostrog nichts übrig bleiben. Vera ist beunruhigt, Ljubow nicht.

Ljubow meditiert. Sie meditiert, Vera jedoch beschäftigt die Reaktion vonseiten Russlands:

»Sobald die Amis ihre Raketen abschießen, fliegen unsere sofort in die Gegenrichtung.«

Chicago und Washington werden dem Erdboden gleichgemacht, das weiß sie, aber Ruhe und Sicherheit verleiht ihr dieses Wissen nicht. Sie ist alarmiert, Ljubow nicht.

Ljubow meditiert und versucht, auf den eigenen Bauch zu fokussieren. In ihren Kopfhörern läuft Entspannungsmusik, und sie denkt nicht an den Krieg. ›Sollte sie aber!‹, findet ihre Schwester.

›Wegen solchen wie ihr‹, meint Vera, ›ist Russland zu dem geworden, was es jetzt ist. Sie nimmt alles einfach hin. Dieses ganze Gutmenschentum schadet uns nur! Wir brauchen keine Gutmenschen, was wir brauchen, sind Patrioten. Wenn wir unsere Heimat achten würden, wenn wir sie aufrichtig, inbrünstig und vollumfänglich verehren würden, dann hätten wir überhaupt keine Probleme. Das kommt doch alles nur davon, dass wir selbst uns nicht so akzeptieren wollen, wie wir sind. Wir gucken immer Richtung Westen und eifern ihm nach, aber wir sind anders – wir haben unser eigenes Schicksal, unseren eigenen Weg. Wir sind anders, jawohl, besonders und einzigartig!‹

»Wozu machst du das?«, fragt Vera plötzlich zornig und reißt ihrer Schwester die Stöpsel aus den Ohren.

»Was denn?«

»Na – dass du dasitzt und die Augen zuhast! Ist es dir in Ostrog etwa nicht still genug?«

»Nein, meine Liebe, mir ist es zu laut …«

Vera schnaubt verächtlich und lässt die Kopfhörer fallen, kehrt aber nicht zu ihrer Talkshow zurück. Sie starrt die Altgläubigen-Ikone an, die in der Ecke des Zimmers hängt, und gesteht sich ein, dass sie an Selbstmord denkt.

Schon seit ein paar Wochen befürchtet Vera, dass Ljubow als Erste in die Offensive gehen könnte. Dass sie vor Gericht ziehen, ein Recht auf Trennung erstreiten und eine Operation durchsetzen könnte. In diesem Fall würde Vera sterben, weil sich alle lebenswichtigen Organe im Körper der Schwester befinden. Das kann sie nicht akzeptieren. Ungerecht ist es, und deswegen überlegt sie, den ersten Schritt zu tun: ›Ihre ganze Ruhe und Meditation, ihre aufgesetzte Großherzigkeit, das ist doch alles nur, weil diese Kröte sich längst entschieden hat und mich jederzeit umbringen kann.‹

Aus dieser verzwickten Lage sieht Vera nur einen Ausweg – Gift.

›Da mir meine Schwester ein solches Schicksal zumutet‹, zieht Vera ihre Schlüsse, ›werde ich sie eben mitnehmen. Zusammen wurden wir geboren – zusammen werden wir auch sterben!‹

Vierzehnter Gesang

Über Ostrog breitet sich eine unheilvolle Stille aus. Die Bewohner haben endgültig das Gefühl, dass es ein richtiger Fluch ist, der sich da in unmittelbarer Nachbarschaft eingenistet hat, und verschanzen sich in ihren Häusern. Mucksmäuschenstill ist es, denn die Angst geht um, dass die Epidemie der minderjährigen Suizide auch normale Kinder erfassen könnte.

Wenn sich zwei auf der Straße begegnen, grüßen sie einander mit kaum merklichem Nicken und überwinden dann doch ihre Vorsicht, um ein bisschen zu plaudern und die Gerüchte am Köcheln zu halten. Stoßen die Ostroger auf leicht beduselte, gut gelaunte Journalisten, so sind sie zwar anfangs wortkarg und verkrampft, entspannen sich aber innerhalb von Minuten und lassen ihre Ängste, die absurdesten Vermutungen durch das ganze Land strömen wie Gas, das aus einem Luftballon entweicht. Das Grauen fasziniert, das Entsetzen berauscht. Vor laufenden Kameras und Diktiergeräten flüstern sie, es müsse ein Serienmörder sein, der hier sein Unwesen treibt, es seien in Wahrheit nicht nur vier, sondern schon zwanzig Opfer, und viele wollen eine verdächtige Gestalt gesehen haben, und nicht nur eine! In Windeseile berichten die Reporter alles nach Moskau, und in den frisch gezeichneten Phantombildern erkennt Revierinspektor Michail seine Berufskollegen Fortow und Koslow. Der Provinzbeamte schäumt vor Wut und warnt die Ostroger, diesen Affenzirkus sofort einzustellen, weil er nämlich schon eine heiße Spur gefunden habe, über die er aber noch keine Auskunft geben wolle.

Seit acht Uhr früh wartet Michail vor dem Wohnheim auf die Kollegen aus der Metropole. Seinen Clio mit der Schnauze zur Mauer geparkt, liest er auf dem Handy lustige Schlagzeilen. Irgendwann steigt Fortow ein, weiß aber nicht, wo Koslow ist. Michail ruft ihn an: »Alexander Alexandrowitsch, wo bleiben Sie denn? Fortow und ich warten schon längst im Wagen.«

»Fahrt ihr nur! Ich gehe zu Fuß.«

Koslow tritt auf die Straße und befindet sich wieder mitten im Weiß. Vor dem Wohnheim steht ein verbeulter Lada, in dessen getönten Scheiben sich die lokale Agora spiegelt – ein Minimarkt mit getäfelter Fassade. Am Eingang hängt ein Plakat mit den bevorstehenden Matches des Ostroger FC Chance. Über Bergrücken aus gefrorenem Matsch marschiert Koslow die Zäune entlang, an denen immer dieselbe sorgfältig handgeschriebene Werbung klebt: *Qualitäts-Solarium ohne Folgen*. Hie und da tritt er auf Müll – Zigarettenpackungen oder Medikamentenschachteln. Trotz seiner verstopften Nase riecht er den Schwefelwasserstoff.

›Der Rand der Welt‹, denkt er wieder, ›der Rachen der Erde.‹

Ein leer stehendes Haus, nichts, schneebedeckter Bärenklau, nichts, wieder Bärenklau und wieder nichts. Zur Abwechslung ein rostiges Fass, ein einsamer Postkasten und eine unmotiviert in der Gegend stehende Plakatwand. Koslow hält inne und blickt hoch. Von oben sieht der ehemalige Bürgermeister auf ihn herab. Das Plakat ist ziemlich ramponiert, an etlichen Stellen zerrissen, aber das selbstsichere Antlitz des ausgebleichten Dorfschulzen ist doch noch gut erkennbar.

›Warum hängt das immer noch da?‹, wundert sich der Ermittler.

Quer über das ganze Plakat prangt der Wahlslogan:

ARKADI BAUMANN – ICH TUE GUTES!

Koslow blickt noch eine Weile in die abgestumpften Augen dieses Mannes, der jetzt hinter Gittern sitzt, verliert sich in Erinnerungen an seinen letzten Besuch hier und setzt erst dann seinen Weg fort.

Den ganzen Vormittag verbringt er mit der Sichtung des Materials, das die hiesigen Ermittler zusammengetragen haben.

Jewsejew Alexej Petrowitsch

aufgenommen 2011. Der Mutter, Jewsejewa Natalja Anatoljewna, wurde das Sorgerecht entzogen, dem Vater, Jewsejew Pjotr Michailowitsch, ebenfalls.

Alexej ist physisch schwach entwickelt. Körperbau mager, Bewegungen etwas ungelenk. Schnelle Ermüdung.

Sozialverhalten in der Klasse schwierig, er ist häufig zornig, tobt, zerreißt auch mal ein Buch, schmeißt mit Sachen, kaut am Bleistift, ist nicht in der Lage, seine Handlungen kritisch zu bewerten.

Kein adäquates Verständnis dafür, was gut ist und was schlecht. Unfähig und unwillig, in der Gruppe zu spielen, sorgt permanent für Konflikte.

Ständige Aufsicht durch Erwachsene erforderlich.

Alexej hat keine sanitär-hygienischen Gewohnheiten ausgebildet, er ist schmutzig, ungepflegt, achtet nicht auf sich und seine äußere Erscheinung, er kaut an den Rändern seiner Kleidung und an Bettwäschezipfeln. Sein Äußeres sowie die Sauberkeit von Kleidung, Händen und Kopfhaar müssen pausenlos kontrolliert werden.

Sein Verhalten ist unberechenbar, er lässt sich leicht von seinem Umfeld beeinflussen, vor allem auf negative Weise. Kontaktfreudig, will einen guten Eindruck machen, anhänglich. Kann nicht still sitzen, ist unruhig und zappelig, aufgekratzt, typisch sind Vergesslichkeit, sexuelle Enthemmung, Hektik, Hyperaktivität, Verlogenheit. Mangelhafte Beherrschung von Gefühlen, wird schnell hysterisch, wechselt leicht von Freude zu Traurigkeit, ist unausgeglichen.
Alexej bewegt sich unkontrolliert durchs Zimmer, es überwiegt ein zielloses Umherlaufen; unorganisiert, unfähig, Begonnenes fertig zu machen. Kann sich nicht auf eine einzige Beschäftigung konzentrieren, trifft Entscheidungen nur mit Mühe.

Manchmal zeitgleicher Drang zu widersprüchlichen Tätigkeiten: Fußball spielen, rauchen, raufen, Computer spielen; daher bringt er nichts zu Ende, und in der Regel bleibt das Resultat aus.

Hie und da stellt Fortow idiotische Fragen, doch Koslow befindet es nicht für nötig, ihm zu antworten. Er fühlt sich nicht wohl, der Schlafmangel quält ihn. Die halbe Nacht hat er über das Wichtigste in seinem Leben nachgedacht: Die Aussagen seiner Frau kann er auch jetzt, nach Jahren, nicht gelten lassen. Die Version »Ich liebe dich nicht mehr« erscheint ihm absolut unhaltbar. In seinem Weltbild kann es so etwas nicht geben. Seine Erfahrung lässt ihn vermuten, dass er die Antwort irgendwo anders suchen muss. Immer wieder drösel Koslow seine Ehe von Anfang an auf und versucht, den einen Grund zu finden, der alles erklären könnte. Er wünscht sich so sehr, dass alles klar, durchsichtig und nachvollziehbar wird, damit dieser Fall, das Scheitern seiner Familie, endlich abgeschlossen werden kann, auch wenn er selbst auf die Anklagebank muss.

»Dana war vierzig«, hatte er letzte Nacht in seinem Bett, die Arme hinter dem Kopf verschränkt, in die dunkle Nacht geflüstert. »Sie war erschöpft, erschöpft vom Leben, von der Beziehung, von der Arbeit, und ich war unsensibel und habe nichts gemerkt. Sie wollte wieder leben. Sie hatte eine Krise, natürlich, eine Midlife-Crisis, und dabei noch so viel um die Ohren! Sie wollte einfach nur davonrennen, sich verstecken, und das ist gar nichts Ungewöhnliches … Das hättest du akzeptieren müssen, Koslow, akzeptieren, und nicht so wie du …«

Als er gegen vier Uhr morgens doch noch einschlief, kamen die Zwillinge. Er träumte von Ljubow und Vera in seiner Wohnung. Zuerst trugen sie ein elegantes Abendkleid, dann rissen sie es entzwei und standen in Unterwäsche da. Wie immer im Schlaf ging alles ganz zielstrebig vonstatten, bevor er noch begriffen hatte, was passierte. Den ganzen Traum hindurch einen Schritt hinterher. Die um die Mitte zusammengewachsenen Mädchen sahen jetzt gar nicht so abstoßend aus, im Gegenteil – sie waren sexy. Koslow hatte zwei ideale Körper vor sich, die absichtlich zusammengenäht zu sein schienen. Im Traum zog Vera sich und ihrer Schwester den BH aus, während Ljubow ihm mit der Hand in die Unterhose fuhr. Vor Wonne und Erregung stockte ihm der Atem. Was hier geschah, ließ er sich gern gefallen, und er begann, mit einer der beiden zu knutschen. Sie machten alles genau so, wie er es mochte. Zuerst war Vera oben. Sie stöhnte, nicht laut, aber erregend. Währenddessen streichelte Ljubow ihn weiter, küsste ihn aufs Ohrläppchen, auf den Hals, auf die Schultern. Koslow atmete schwer. Sein Blick fiel auf das Wappen von Russland, das über den Köpfen der Schwestern hing. Er wunderte sich, wieso denn Dana nach der Scheidung diesen doppelköpfigen Adler in ihrem gemeinsamen Schlafzimmer aufgehängt hatte ... Vielleicht, weil sie Richterin ist ...

Der Traum war seltsam, aber schön, unheimlich, aber süß. Koslow genoss es, hatte aber gleichzeitig Angst, dass jeden Moment seine Frau hereinplatzt. Er hätte nicht gewusst, wie er sich rechtfertigen könnte. Als er das begriff, wollte er aufhören, aber die Schwestern ließen es nicht zu. Wie zwei Erinnyen verkrallten sie sich in ihm und setzten die Orgie fort. Er versuchte, sie von sich zu stoßen, aber sie waren viel stärker als er. Eine hielt ihn fest, die andere ritt immer noch auf ihm, schaukelte vor und zurück, lachte boshaft und zerkratzte ihm die Brust. Er flehte sie an aufzuhören, aber sie dachten gar nicht daran. Als einen Augenblick später tatsächlich Dana das Zimmer betrat, erwachte er von seinem eigenen Schrei ...

In die nächsten Berichte vertieft, schielt Koslow von Zeit zu Zeit auf das schief hängende Wappen und überlegt, wie es der Doppeladler geschafft hat, in seinen Traum einzudringen.

Mehr als alles andere beschäftigt ihn aber nicht der Traum selbst, sondern eine Erkenntnis beim Aufwachen. Auf einmal hat er verstanden, dass seine Träume einem autonomen Bereich seines Gehirns entspringen. Während er lebt, ermittelt, trauert, ist ein Teil seines Gehirns ohne sein Zutun mit eigenen Dingen beschäftigt und spiegelt ihm in solchen Inszenierungen seine Ängste wider. Noch nie hat er darüber nachgedacht, dass sein Gehirn – genau wie seine Frau – ein eigenes, freies Leben führt.

›Vielleicht ist es bei den Kindern auch so?‹, sinniert er jetzt weiter. ›Was, wenn der Gedanke an den Freitod in ihren Köpfen ganz von allein entstanden ist, in einer unzugänglichen, unkontrollierbaren Provinz ihres Bewusstseins? Was, wenn sie diese Idee tagsüber nicht einmal bemerkt und nie an Suizid gedacht, aber im Traum plötzlich realisiert haben, dass es der einzig mögliche Schritt ist?‹

Auch Fortow hängt seinen Gedanken nach. Er ist diesen Arbeitsrhythmus nicht gewohnt. Alle fünf Minuten lenkt ihn irgendein Video ab, und gerade sieht er wieder einen Clip:

Urlaub ist schon besser in Nizza oder auf
    Rhodos.
Auf die Krim fahr ich nicht, da fällt zu oft
    der Strom aus.
Geht's aber um die Frage, wo ich mein Business
    hab –

da halte ich immer noch das alte Russland hoch.
Wer uns im Weg ist, den machen wir platt,
füttern ihn den Fischen, schaufeln ihm ein
　　Grab.
Wer zu schlau ist, hat einen Job im Gefängnis,
kapiert? Wir lassen unsere Jungs nicht hängen!

»Alexander Alexandrowitsch, diese siamesischen Zwillinge werden getrennt, oder?«

»Nein.«

»Wieso nicht?«

»Wieso sollten sie getrennt werden?«

»Michail hat gesagt, dass eine der zwei einen Antrag gestellt hat …«

»Sie teilen sich die Organe, Fortow. Bei einer Operation würde eine der beiden Schwestern sterben. Welcher Arzt würde sich ohne Gerichtsbeschluss auf so etwas einlassen? Richtig, keiner! Aber das Gericht wird sie abweisen, weil es keine gesetzliche Grundlage gibt. Es gibt keine Indikation für einen zwangsweisen medizinischen Eingriff. Nach der Entscheidung in erster Instanz haben sie natürlich vier Wochen Zeit, Berufung einzulegen, aber glaub mir, das machen sie nicht. Sie werden sich versöhnen und weiterleben wie bisher.«

»Aber ich hab gerade gelesen, dass es in England einen ähnlichen Fall gab und eine der Zwillingsschwestern sehr wohl erfolgreich beweisen konnte, dass die andere ihre Organe strapaziert, und sie wurden getrennt!«

»Fortow, wieso hast du Zeit, so was zu lesen? Hast du etwa schon alle Ordner durch?«

»Jetzt mal im Ernst, Alexander Alexandrowitsch! Wir können lesen, soviel wir wollen – die Antwort finden wir sowieso nie!«

»Doch, Fortow, die finden wir! Am Freitagmorgen müssen wir Moskau über das weitere Vorgehen informieren, also werden wir beide bis dahin eine Entscheidung treffen!«

»Sie lesen diese ganzen Interviews mit den Kids und haben dann die Antwort?«

»Genau, Fortow, so mach ich das!« Nach dieser scharfen Replik bricht Koslow das Gespräch ab und wendet sich wieder den Dokumenten zu.

Fortow lässt beleidigt seine Fingergelenke knacken. In den amerikanischen Filmen, an die er schon seit gestern denkt, hängen die Detektive ständig am Telefon, die Füße auf dem Tisch, bis sie plötzlich aufspringen und durch eine malerische Landschaft irgendwohin rasen. Donuts, Explosionen, zwanzig Schüsse aus einem einzigen Magazin. Fortow würde so gern wenigstens irgendetwas dem Genre Entsprechendes erleben, aber in dieser Ödnis gibt es nichts von dem, was er sich vorstellt: keinen schnittigen Ford, kein Lenkrad, das sich sachte mal nach rechts, mal nach links dreht. Fortow findet, er ist auch der Einzige, der wenigstens wie ein Detektiv aussieht. Weil er Chino-Hosen trägt und ein weißes Oxford-Hemd mit aufgekrempelten Ärmeln. Nur die Dienstmarke und die Revolvertasche fehlen, und auch das nervt ihn ein bisschen. Er träumt von einem Büro mit Jalousien und einer großen Glasscheibe, durch die man Verhöre mitverfolgen kann. Er würde gern Kaffee aus einer weißen Tasse mit NYPD-Emblem trinken und Verdächtige so unter Druck setzen, wie es seine liebsten Serienhelden tun:

»Hör mal, Kleiner, glaub mir, du sitzt ganz tief in der Scheiße …«

»Ihr Cops erzählt doch nichts als Märchen!«

»Von diesem Spiel solltest du lieber die Finger lassen, Grünschnabel!«

»Ihr Dummköpfe habt rein gar nichts in der Hand gegen mich!«

»Du hältst dich wohl für 'ne harte Nuss?«

»Ohne meinen Anwalt verweigere ich jegliche weitere Aussage!«

»Deine Krallen solltest du lieber einziehen …«

Während Fortow vor sich hin träumt, denkt Koslow über die Teenager nach. Er muss gestehen, sie sind ihm nach wie vor ein Rätsel. Wie ein Schriftsteller, der einen Roman über eine Suizidserie von Jugendlichen schreibt und alle anderen Personen bereits sorgfältig skizziert hat, weiß auch er nicht, wie er sich den wichtigsten Akteuren annähern soll – den Insassen des Waisenhauses.

›Was geht in ihnen vor? Wie fühlen sich jetzt die, die (noch?) am Leben sind? Wovon träumen sie noch, wenn vier von ihnen bereits lieber in den Tod gegangen sind?‹

Um eine Antwort darauf zu finden oder es wenigstens zu versuchen, lädt Koslow gleich mehrere Heimkinder unterschiedlichen Alters zu einem Gespräch ein.

Ein Bild wie von den Peredwischniki gemalt. Als Gruppe betreten sie das Dienstzimmer, und eine geschlagene Stunde bleiben sie so zusammen, als gemeinsames Ganzes.

Das Erste, was auffällt: Sie erzählen nicht gerne von ihrem Alltag. Jedes Mal, wenn Koslow sie auf ihren Tagesablauf anspricht, wenn er zum Beispiel fragt: »Was macht ihr hier so?«, dann senken sie die Köpfe. Wie das schwangere Mädchen sprechen auch sie abgehackt und kurz. Nur trockene, einsilbige Sätze. Auf alles haben sie eine knallharte, aber emotionslose Antwort. Meistens nur »Ja« oder »Nein«. Sobald Koslow auch nur ein wenig tiefer gräbt, verlieren sie ihr ohnehin äußerst oberflächliches Interesse an ihm. Sie wollen sich nicht offenbaren.

Das Gespräch misslingt. Ob aus Angst oder aus Gleichgültigkeit, die Jugendlichen öffnen sich nicht. Der zweite Arbeitstag in Ostrog bringt keine neuen Ergebnisse. Während Fortow das Grüppchen hinausbegleitet, denkt Koslow an seine Tochter und bereut, dass er die ohnehin geplagten Heimkinder unnötig beansprucht hat.

Nach der Verabschiedung der Lebenden wendet Koslow sich den Toten zu. Verstehen kann er sie immer noch nicht, aber mittlerweile hat er sie etwas kennengelernt. Mühelos kann er die Band nennen, die Oxana Zwetkowa gern hörte, und die bevorzugte Biersorte der Jungs; er kennt den Farbton, in dem Olja Gagarina sich meistens die Nägel lackierte, und die Mannschaften, für die die Jungs schwärmten. Er könnte mit geschlossenen Augen die Gesichter der toten Teenager beschreiben und, wenn es denn nötig wäre, ganz ohne Verwechslungen ihre Lebensläufe wiedergeben. Was im Übrigen gar nicht so schwierig ist, weil sie einander ja doch recht ähneln: überforderte Eltern und ein Kinderheim nach dem anderen.

Die Erarbeitung dieses Wissens hat mehrere Stunden gedauert. Als er die Dokumente ordnet, stößt er auf ein weißes Blatt Papier. Er betrachtet es und denkt zum ersten Mal in seinem Leben, wie schwierig es doch ist, über Gefühle zu sprechen. Die passenden Formulierungen dafür zu finden. Nicht dem eigenen Wortschatz auf den Leim zu gehen, es nicht dem Zufall zu überlassen, sondern nach den einzig richtigen Worten zu suchen.

Er beschließt, dass es für heute genug ist. Wie am Vortag zieht er es auch diesen Abend vor, allein zu essen.

Laut Rosstat, dem föderalen Dienst für staatliche Statistik, sind 2017 in Russland 14 400 Personen an den Folgen eines Suizids gestorben – doppelt so viele wie durch Morde oder Alkoholvergiftungen.

Über Suizide unter Mitarbeitern des Innenministeriums gibt es keine Statistik, sie wird nicht veröffentlicht, Experten sprechen jedoch von Hunderten Fällen pro Jahr.

2003 schreibt Gulschat Tschowdyrowa, wissenschaftliche Mitarbeiterin am Forschungsinstitut des Innenministeriums, in der Zeitschrift ›Psychopädagogik in den Strafvollzugsbehörden‹, dass »die Organe des Innenministeriums in letzter Zeit jährlich 200 bis 400 Mitarbeiter verschiedener Ränge durch Suizide verloren« haben.

Ein anderer Forscher, Alexander Suchinin, bezieht sich 2011 auf Daten der Abteilung für Suizidologie des Moskauer Forschungsinstituts für Psychiatrie und schätzt die Zahl der Mitarbeiterverluste aufgrund von Selbstmord zwischen 200 und 430. Professor Suchinin, der Informationen zu 2341 registrierten Fällen von Suiziden und Suizidversuchen im Personalbestand des Innenministeriums gesammelt und ausgewertet hat, hat fünf typische Konfliktsituationen beschrieben, die in den Selbstmord führen.

Erstens Konflikte, die durch »die Spezifik der beruflichen Tätigkeit und die Beziehungen innerhalb der Kollegenschaft im Innenministerium« hervorgerufen werden. Dazu gehören das Scheitern an gewissen Aufgaben, zwischenmenschliche Konflikte im Team, Probleme im Verhältnis zwischen Führungspersonen und Mitarbeitern.

Als zweithäufigsten Grund für Suizide unter Polizisten nennt Professor Suchinin private und familiäre Konflikte. Seinen Analysen zufolge fallen 40 bis 60 % aller Fälle suizidalen Verhaltens unter Polizisten in diese Kategorie, die unter anderem Eifersucht, Ehebruch, unerwiderte Liebe und andere persönliche Probleme erfasst.

Drittens führt oft auch ein »antisoziales Verhalten« des Polizisten selbst in den Suizid, berich-

tet der Forscher: »Die Angst vor einer möglichen Strafe für den Rechtsbruch, vor einer strafrechtlichen Verfolgung, die drohende Schande infolge negativen Verhaltens.«

Den vierten Grund stellen in Suchinins Klassifikation materielle Schwierigkeiten dar.

Und der letzte Grund sind laut Suchinin durch gesundheitliche Probleme des Beamten bedingte Konflikte: »psychische Erkrankungen, chronische somatische Erkrankungen, physische Mängel – Sprachfehler oder äußerliche Besonderheiten, die als Benachteiligungen wahrgenommen werden«. Nach dem Suizid eines Polizisten leitet das Ermittlungskomitee in den meisten Fällen ein Strafverfahren nach Artikel 110 ein (Anstiftung zum Selbstmord), stellt die Ermittlungen jedoch bald darauf wegen fehlenden Straftatbestands ein.

Fünfzehnter Gesang

D as Café Bastille quillt immer noch über vor Journalisten. Eigentlich könnten sie abreisen, aber weil das Publikum diese Art von Show nicht mehr missen möchte, bleiben sie noch.

Koslow setzt sich an die Bar und lauscht dem Gespräch zweier Korrespondenten. Sie diskutieren, wo man am besten den Sommerurlaub verbringt. Der eine besteht darauf, dass dafür einzig und allein Korfu infrage kommt, während es dem anderen im Sommer auch auf Mykonos gefällt.

Koslow nimmt die Speisekarte, überfliegt sie kurz, bestellt ein Schnitzel mit Reis und eine Karaffe Wodka. Er holt seine Augentropfen heraus und legt schon den Kopf in den Nacken, doch da spricht ihn der Barkeeper an:

»Die Kinder machen das, weil bei uns hier Altgläubige leben. Die sind bekannt für Massenselbstmorde. Sie verbrennen sich, gehen ins Wasser, ziehen sich in Erdhütten zurück, um dort zu verhungern.«

Sofort stellen die Journalisten ihre Diskussion ein und spitzen die Ohren. In den paar Tagen, die sie in Ostrog verbracht haben, hat diese Hypothese noch keiner aufgestellt. Koslow sieht zuerst die Reporter an, dann den Barkeeper:

»Und woher weißt du das? Hat der Opa erzählt?«

»Nein, mein Opa hat nichts erzählt. Hab ich bei Akunin gelesen. Da hat auch ein Ermittler Selbstmorde untersucht, genau wie Sie. Nur hieß der Fandorin.«

Die Journalisten richten ihre Blicke neugierig auf Koslow.

»Na ja, wenn Akunin das schreibt, dann muss es ja stimmen! Hör mal, woher weißt du denn, dass ich Ermittler bin?«

»Soll das ein Witz sein? Alle wissen doch, dass Sie hier sind, um den Fall zu lösen.«

»Und, was meinst du – wird es mir gelingen?«

»Wieso denn nicht? Ich sag Ihnen doch – diese Kinder haben den Freitod im Blut, da gibt es gar nicht groß was zu ermitteln.«

»Interessante Vermutung. Vielleicht solltest du … deine Gläser Gläser sein lassen und zu uns wechseln?«

»Nein, danke, da bleib ich lieber hier …«

»Obwohl, Sportsfreund, die Kinder sind alle

nicht von hier, die kommen von überallher, die haben nichts gemeinsam mit …«

»Die Kinder sind vielleicht nicht von hier, aber der Horizont ist mit Traditionen gepflastert. Noch dazu ist unser Priester, Vater Kasemat, immer wieder im Kinderheim gewesen. Der hat ihnen bestimmt genug von der Feuertaufe erzählt …«

»Aber keins der Kinder hat diese Methode gewählt«, wirft einer der Journalisten ein.

»Müssen sie ja nicht«, erwidert der Barkeeper und sieht ihm direkt ins Gesicht. »Sich selbst anzuzünden ist irgendwie schon heftig und schmerzhaft – sie wollten ja nur sterben, nicht leiden.«

»Waren diese Kids manchmal hier im Bastille?«, fragt Koslow, ohne auf die Journalisten zu achten.

»Natürlich nicht! Woher sollen sie das Geld für ein Wirtshaus nehmen? Sie kaufen sich ihren Sprudel im Laden.«

»Soso. Werd ich auch müssen, wenn du mir nicht bald was einschenkst …«

Der Barkeeper nimmt den Vorwurf entgegen und streckt, ohne sich vom Fleck zu bewegen, seine rechte Hand zum Kühlschrank der Marke Atlant aus. Die Journalisten reden wieder über Griechenland, und während der Barkeeper den Wodka eingießt, notiert Koslow in sein Heft, dass er gleich morgen den Priester vorladen will.

»Störe ich?«

»Ah, du schon wieder … Setz dich, ich hab nur noch immer nichts herausgefunden …«

»Verstehe …«, antwortet Agata freundlich lächelnd, platziert sich links von Koslow und stellt ein Glas Weißwein auf die Bar.

»Sie denken immer noch über Selbstmord nach, stimmt's?«, fragt sie nach einem Schluck.

Der Ermittler stutzt.

›Woher kann sie das wissen? Sehe ich schon aus wie einer, der seinem Leben ein Ende setzen will?‹

Tatsächlich blitzt die Idee zu einem solchen finalen Schritt von Zeit zu Zeit in seinem Kopf auf. Er hat sich mit ihr arrangiert, schiebt sie aber nach Möglichkeit von sich. Zwar denkt er oft an Suizid, kommt aber immer wieder zur Ansicht, dass diese Tat zu einfach wäre und für immer einen Schatten auf das Leben seiner Frau und seiner Tochter werfen würde. Als erfahrener Ermittler weiß er, dass Menschen, die auf diese Weise einen Angehörigen verlieren, auch selbst stärker gefährdet sind. In seiner Familie ist es noch nie passiert, und er will nicht der Wegbereiter sein. Manchmal steht er auf einer Brücke, sieht in die Tiefe und denkt, wie erleichternd es wäre, jetzt einfach zu springen. Aber etwas hält ihn doch zurück, er beherrscht sich und tritt sogar extra ein wenig vom Rand zurück.

In den ersten Monaten nach der Trennung schielte Koslow immer wieder zu seiner Pistole. Auch Haken und Fenster zog er in Betracht, und natürlich Gürtel, mit denen man sich an Türklinken aufknüpfen kann (die Lieblingsmethode der meisten Ermittler). Und doch hielt ihn die Hoffnung auf die Rückkehr seiner Frau am Leben. Koslow glaubte und glaubt immer noch aus vollem Herzen, dass alles gut wird. Wieder eine intakte Familie werden, das ist mittlerweile das einzige Ziel in seinem Leben.

»Warum so nachdenklich?«

»Weil ich keine Antwort weiß ...«

»Sie brauchen sich nicht umzubringen – dazu sehen Sie zu gut aus.«

»Oho ...«

»Ja, was denn sonst? Sie sind ein äußerst attraktiver Mann, nur hab ich noch immer keine Ahnung, was für ein Mensch Sie sind ...«

»Und wieso willst du das wissen? Willst du darüber auch etwas schreiben?«

»Ach du liebe Güte! Wen würde das denn interessieren?«

»Keinen, da hast du schon recht ...«

»Warum haben Sie sich diesen Beruf ausgesucht?«

»Weiß nicht ... Gute Frage ... Als Kind hab ich gern Rätsel gelöst. Ich hab es geliebt, wenn Papa und Mama abends mit mir diese tschechoslowakischen Comics gelesen haben, wo man zusammen mit Detektiv Štika Verbrechen aufklären musste. Später hab ich, wie alle Jungs, Conan Doyle gelesen und deine Namensvetterin Agatha Christie, insofern war es kein Wunder – ging irgendwie wie von selbst.«

»Gibt es Fälle, die Sie einfach nicht lösen können?«

»Natürlich gibt es die …«

»Quälen Sie die?«

»Nein, quälen nicht … höchstens einer vielleicht …«

»Erzählen Sie mir davon?«

»N-nö.«

Koslow verstummt und blickt Richtung Tür, aus der die Kellner mit den Tellern herauskommen. Wieder hat sie es nicht geschafft, den Ermittler zum Reden zu bringen. Der Journalistin gefällt dieser Mann immer besser. Es war keine Lüge, als sie ihn attraktiv nannte, noch dazu ist er zurückhaltend und klug. Vielleicht etwas zu altmodisch und zu bodenständig für ihren Geschmack, andererseits macht er, im Unterschied zu all ihren schleimigen Kollegen, einen wirklich starken und gelassenen Eindruck.

»Na gut, ich sehe schon, Sie freuen sich nicht so recht über meine Gesellschaft ...«

»Wenn du nichts dagegen hast, würde ich einfach gern zu Abend essen und ins Bett gehen.«

»Gut, gut, bin schon weg!«, antwortet Agata mit kapitulierendem Lächeln, streicht ihm zum Abschied über die Schulter und steht auf.

Koslow sieht ihr nicht nach, sondern hält Wort: Zügig isst er zu Abend, trinkt den Wodka aus und zahlt.

Im Hinausgehen lässt er seinen Blick durch den Gastraum wandern, beschließt dann aber doch (auch wenn er gerade große Lust dazu hätte), diesmal nicht zu singen – die Medienleute würden ihn auch im sogenannten VIP-Raum verfolgen, hundertprozentig.

Zurück im Hotel nimmt Koslow eine Dusche, lässt sich aufs Bett fallen, scrollt durch etwa hundert Fotos seiner Tochter und seiner Frau und macht sich dann bereit zum Einschlafen.

Zeitgleich machen sich auch die Heimkinder auf ins Reich der offenen Türen. Wie Aufseher im Gefängnis schreiten die Betreuerinnen durch die Korridore. Mit strengen Stimmen kündigen sie die baldige Schlafenszeit an. Die Nachtschwestern spähen in die Schlafräume und kontrollieren, ob auch alle Zöglinge brav im Bett liegen. Um zukünftigen Suiziden einen Riegel vorzuschieben, werden die Teenager jetzt rund um die Uhr beaufsichtigt. Vierundzwanzig Stunden, sieben Tage. Jeden Tag finden pädagogische Gespräche statt. Aufmerksam werden die kindlichen Gesichter studiert, um eventuell zu erkennen, wer als Nächster dem Beispiel des Quartetts folgen will. Viel kommt nicht dabei raus. Die reinste Sabotage. Die Direktorin hat Michail erzählt, dass die Mädels und Jungs während des täglichen Spaziergangs nichts als blöd lachen. Es gibt ja nicht viel Unterhaltung hier, weswegen es nicht einmal den Sechzehnjährigen peinlich ist, mit den Kleinen »Zombies« zu spielen. Die Regeln sind simpel: Die Toten jagen die Lebenden. Jeder, der von einer Leiche berührt wurde, wechselt auf die Seite des Todes. Die zwei Letzten gewinnen und dürfen die nächste Runde als Zombies beginnen.

»So was gefällt ihnen?«

»Und wie! Da lassen sie sogar hin und wieder die Computerspiele stehen!«

Betroffen und alarmiert tun die Erzieher des Kinderheims (wie sie glauben) alles, damit bei Ermittlern und Journalisten keine Fragen offenbleiben. Sie sorgen für Ablenkung. Außerplanmäßig. Allein in dieser Woche werden die Kinder zweimal ins Kino geführt, zu *Jacques – Entdecker der Ozeane*.

Wahre Wunder der Fürsorge und Animation werden vollbracht. Jeder Tag das reinste Abenteuer. Überstürzt beglückt man die Kinder mit einer Wohltat nach der anderen. Versammelt sie alle (ausnahmslos alle) in einem Raum und liest ihnen *Die wunderbare Reise des kleinen Nils Holgersson mit den Wildgänsen* vor. Wo Nils eine Flöte spielt, um die Ratten aus dem Schloss zu locken und im Wasser zu ersäufen. Große wie kleine Kinder lauschen, von der Stimme der Betreuerin verzaubert, gespannt dem schwedischen Märchen und bewundern Nils, ohne auch nur zu ahnen, dass sie dasselbe Los erwartet wie die Ratten.

Nach der Lektüre treten zwei ehemalige Heimkinder auf – Vera und Ljubow. Sie geben auf der Bühne der Aula ein vierhändiges Klavierkonzert. Ljubow spielt einen Ausschnitt aus einer Bearbeitung des Streichquartetts von Anton Arenski; dann übernimmt ihre Schwester die Melodie und spielt den *Valse triste* von Jean Sibelius.

Nach dem Konzert wird in der Turnhalle noch getanzt. Dank der Suizidserie dauert die Disco jetzt eine halbe Stunde länger als früher. Was für ein Geschenk! Zu langsamen, romantischen Songs tanzen die Mädchen, zu schnellen, aggressiven Beats shaken die Jungs. Früher erlaubten die Erzieherinnen kein Rempeln und kein Rudern mit den Armen, aber jetzt sagt die Ärztin, dass das sogar gesund sei, so würden die Halbwüchsigen angestaute Aggressionen los. Zwischendurch erklingen versöhnliche Evergreens, bei denen dann auch mal die Lehrer aufstehen, um zurückhaltend, korrekt und vornehm mit den Lehrerinnen ein Tänzchen zu wagen.

Das Ende der Disco markiert ein letzter langsamer Song. Die Burschen fordern die Mädchen auf und schmiegen sich ganz dicht an sie, auf der Suche nach Körperkontakt. Und Anschelika Warum singt:

> Ach, wie gern möcht ich zurück,
> ach, wie zieht es mich nach Haus
> in diese Stadt!
> In die Straße mit drei Nummern,
> in der alles so vertraut ist,
> einen Tag.
> Wo du immer gern gesehn bist,
> keiner neidisch oder bös ist,
> mein Zuhaus,
> wo zum Geburtstag alle da sind,
> alles feiert, tanzt und singt
> bis zum Kehraus.

Beim letzten Ton geht im Sportsaal das Licht an. Man schickt die Zöglinge in ihre Schlafsäle und wünscht ihnen eine gute Nacht und schöne Träume.

Bevor sich auf die Ödnis und die Wälder der Himmel herabsenkt, machen die Erzieher noch ihren allabendlichen Rundgang. Streng entern sie jedes Zimmer und kontrollieren Tische und Nachtkästchen: Erstere müssen absolut sauber, Zweitere dürfen nicht vollgestopft sein. Die Mobiltelefone sammeln sie in Plastiktüten ein, und erst danach beginnt offiziell die Nacht. In den Korridoren geht das große Licht aus, doch die Kinder haben es mit dem Einschlafen nicht eilig. Mit den Decken bis zum Kinn denken jetzt alle dasselbe.

»Machst du es auch?«

»Spinnst du, wieso ich?«

»Ich glaube, du machst es.«

»Wieso?«

»Na, weil du nichts hast, wofür du lebst …«

»Ich hab so viele Pläne!«

»Ach, komm! Was kannst du schon für Pläne haben?«

»Wenn ich hier raus bin, dann fahr ich weg, studiere an der Uni, werde Rechtsanwalt und setze mich für Kinderrechte ein.«

»An der Uni? Du kannst ja nicht mal fehlerfrei das Wort ›Zukunft‹ schreiben!«

»Z-u-c-k-u-n-f-t.«

»Okay, von mir aus, aber trotzdem! Du weißt doch, was sie mit uns machen.«

»Aber nicht mit mir! Ich kenne meine Rechte!«

Die Kinder streiten. Die Einen glauben, dass da noch etwas kommt, die Anderen, zu früh erwachsen geworden, haben schon gelernt, nichts Gutes mehr zu erwarten. Maler und Anstreicher in Ostrog werden? Gibt Schlimmeres. Wenn sie diesem Gefängnis entkommen, erwartet sie aller Wahrscheinlichkeit nach eine Arbeit im nächsten. So groß ist das Stellenangebot nicht, und die meisten Heimkinder werden, wenn sie nicht sofort in einem PNI, einem Psychoneurologischen Internat landen, Wärter im Knast.

Die Nachtaufsicht wiederholt ihr Kommando, und gehorsam schließen nun doch alle die Augen. Ohne es abgesprochen zu haben, kehren alle in ihrer Erinnerung an jenen wundervollen Tag zurück, an dem sie vor ein paar Jahren in der Aula versammelt und mit einer völlig unerwarteten Nachricht überrascht wurden.

»Tja, ihr Schmarotzer!«, sagte damals laut und feierlich die Direktorin. »Ich weiß gar nicht, wieso er euch so liebhat!«

Sie setzte sich auf die Kante des auf der Bühne stehenden Tisches, steckte die Hände in die Taschen

ihres bis obenhin zugeknöpften Blazers und ver-
kündete, der Bürgermeister sei so beeindruckt gewesen vom letzten Auftritt der Kinder, dass er beschlossen habe, sie ans Meer zu schicken.

»Alle?«

»Ja!«

»Wirklich?«

»Wenn ich es doch sage, ja!«

Die Augen fest geschlossen, damit nur ja die
wertvollsten Bilder ihres Lebens nicht verschwinden, erinnern sich die Kinder, wie die Direktorin
Wort gehalten hat. Sie bekamen tatsächlich Reise-
pässe und Visa, und schon ein paar Monate später
flogen sie in den Urlaub nach Griechenland. Ausnahmslos alle. Die Großen genauso wie die Kleinen.

Zuerst im Bus bis zum Flughafen. Die Fahrt
dauerte gar nicht so lange, aber jeder bekam das
Gefühl, ein großer Entdecker zu sein – rechts sa-
ßen die Christophs Kolumbus, links die Vascos da
Gama. Zukünftige Helden von Mythen und Legen-
den, spähten sie durch die dreckigen Fensterschei-
ben des Busses, bemühten sich, nichts von der vo-
rüberschwimmenden Landschaft zu verpassen: den
kranken Wald, die aufgereihten Masten, die Säge-
werke, Lampen und Stromleitungen ohne Ende …

Nach dem ersten Flug waren die Kinder überwäl-
tigt von Moskau, der phänomenalen Hauptstadt.

»Sind wir schon am Meer?«

»Aber doch nicht jetzt schon, sagt mal?«

Pro Richtung fünf Fahrstreifen, schwarze Autos mit Blaulichtern. Lärm, Getöse, Krach! Stau, die Christ-Erlöser-Kathedrale und ganze zehn Minuten für ein Foto beim Mausoleum. O Gott, wie viele Leute sich da tummelten in diesem Moskau! Wie viele Schatten! Ein Mann war als Handy verkleidet, und Stalin und Lenin sahen mit ihren Ohrenmützen quicklebendig aus! Ach, und wie schön doch unsere Hauptstadt ist und wie groß unser Land! Und so viele Spielplätze! Mit Schaukeln und Rutschen, sogar mit Fußballfeldern, und Netze an den Toren!

Baumann hätte die Kinder einfach nur ans Meer schicken können, aber er hatte gefunden, es wäre doch klasse, auch noch zu McDonald's zu gehen. Und nun stellen Sie sich einmal vor: gläserne Lifte, Rolltreppen, ein Ampelmännchen mit beweglichen Beinen und obendrein noch ein Big Mac!

»Darf ich Pommes?«

»Ja, alle kriegen Pommes!«

»Auch eine Cola?«

»Es darf sogar ein Happy Meal sein!«

»Jewsejew, Zwetkowa, was nehmt ihr?«

Die Fahrt zum Scheremetjewo mit dem Aeroexpress, Drehkreuze, die sie passierten, indem sie das Ticket in den Laserstrahl hielten, und das Einsteigen ins Flugzeug über eine Passagierbrücke. Stewardessen und ein richtiger Kapitän, mit Schulterklappen und einem weißen Hemd! Fanta ohne Ende und kostenloses – und köstliches – Essen! All das war nicht geträumt und nicht fantasiert, sondern wirklich wahr, und doch wie im Film: Anschnallen bitte, Beschleunigung, Take-off ...

Auch jetzt noch, mehrere Jahre später, können die Kinder mühelos alle Städte nennen, über die sie damals geflogen sind. Beim Einschlafen im Bettensaal des Ostroger Waisenhauses zählen sie sie in genau derselben Reihenfolge auf wie einst der Kapitän. Ganz neue Namen von fremden Orten. Was für ein Glück! Glück! Glück!

... Und dann der Strand. An dem die Leute, statt sich in den warmen Sand zu schmiegen, seltsamerweise für Liegen zahlten. Der Strand, an dem unfassbar gutes Eis verkauft wird, das man ganz leicht aus dem unversperrten Kühlschrank klauen konnte, und die Unterkunft, in der die Kinder wohnen durften.

Ihr Hotel war (worüber alle sehr froh waren) ein ehemaliges Gefängnis. Weil in dieser Gegend keine schweren Verbrechen mehr verübt wurden, war die Strafvollzugsanlage zu einem Hotel umgebaut worden. Die Architekten hatten die Treppen, die Türen und in manchen Zimmern sogar die Klappbetten erhalten. Den Kindern gefiel das ausnehmend gut. Fast jeden Abend spielten die kleinen Ostroger hier Häftlinge und Gefängniswärter. Als Souvenirs wurden Löffel und Sträflingsanzüge verkauft, aber wer hätte denn für so einen Unsinn so viel Geld ausgegeben?

Das schlichte Hotel stand etwas außerhalb der Stadt, aber seine Fenster gingen aufs Meer hinaus, das nur einen Katzensprung entfernt war – die Treppe hinunter, bei den Palmen eine Kurve, vorbei an schneeweißen Häuschen, auf dem Pfad den grünen Drahtzaun entlang, wo immer Eidechsen vom heißen Asphalt ins Gebüsch huschten – und dann: Wellen, Wellen, endlose Wellen und Sonne. Wenn man am Ufer stand, konnte man sehen, wie der Wind glitzernden Staub über das Wasser blies – und das ist es, woran sich jetzt mit fest geschlossenen Augen alle Kinder erinnern.

Allein mit den Prospekten, die die Kinder mitgebracht hatten, hätte man die ganze Ostroger Bibliothek füllen können. Flyer von Supermärkten und Aquaparks, Werbung für Tanzgruppen und Musikfestivals. Alles natürlich auf Griechisch, aber so bunt und so schön! Auch die Bordkarten nahmen die Kinder mit nach Hause, das Wegwerfbesteck aus dem Flugzeug, die kostenlosen Zuckerpäckchen, Ketchupdöschen, und sogar die Masken für den Schlaf, der sie nun endlich übermannt.

Und alle haben denselben Traum. Sie träumen, dass Ostrog von einem großen Wasser umgeben ist. Immer höher und höher steigen die smaragdgrünen Wellen und überfluten innerhalb weniger Minuten die ganze Stadt. Die Kinder, die erst vor ein paar Jahren tauchen gelernt haben, machen sich bereit zu springen. Der Traum hat gerade angefangen, aber das Meer überschwemmt bereits die Dächer. Die Wellen spülen Müll nach Ostrog. Plastikflaschen und Nylonbeutel, Slipeinlagen, Trinkhalme, Einwegteller und Wattestäbchen …

Während die Kinder in ihren Träumen versinken, bereitet nur wenige Kilometer entfernt ein Bulldozer bei Scheinwerferlicht den nächsten Graben vor. Die Arbeit muss genau ausgeführt werden, auf Verlangen des Chefs muss diese Grube aussehen wie ein Grab, das ein Totengräber mit der Schaufel ausgehoben hat. Fluchend rüttelt der Fahrer an den Hebeln. Er verwünscht diese Fernsehfritzen, die ihm, das weiß er genau, keinen Zuschlag gönnen werden, nicht mal eine Flasche Wodka.

›Saubande!‹, denkt er, wen auch immer er meint.

Der alte Bulldozer bläst schwarzen Rauch in die frostige Luft, und dem Mann dämmert es, dass er sein Leben in einer Strafkolonie verbringt, deren einzige Aufgabe es ist, der Hauptstadt ein bequemes Leben zu verschaffen. Er fühlt sich wie ein Sklave. Wie ein Leibeigener, genau wie seine Ururgroßväter. Zwar ist er angeblich ein freier Mensch, aber was hat er davon? Als Ostroger braucht er doch gar keine Freiheit. So wie das Türchen seines Bulldozers will er alle Türen der Welt geschlossen sehen. Er will alle Schlüssel der Welt verschlucken und sie bewachen, dass sie nur ja keine Türen mehr aufschließen. Er braucht die Blumen auf den Gräbern der Heimkinder nicht, und auch diese widerlich geraden Kanten können ihm gestohlen bleiben. Ein solcher Anblick ist für ihn eine Beleidigung, keine Befriedigung. Er weiß, dass das Leben hier anders ist als sonst überall und die Heimkinder, sobald die Suizide vorbei sind, wieder verscharrt werden wie früher. Dieser Stadt fehlt es an Geld, am Wunsch und an der Zeit, Kindern, die keinen interessieren, die letzte Ehre zu erweisen. Der Bulldozerfahrer setzt ein klein wenig zurück. ›Das Wichtigste ist, bis zum Ende durchzuhalten‹, denkt er. Hatte man diesmal kein Glück, dann klappt's vielleicht beim nächsten Mal. Im nächsten Leben oder im übernächsten. Wenn es jemanden gibt, der wirklich an Wiedergeburt glaubt, dann nicht die buddhistischen Mönche, sondern er. Nur die Aussicht auf eine nächste Chance kann über die aktuelle Not wenigstens ein bisschen hinwegtrösten.

Der Bulldozerfahrer hat sechs Jahre im Ostroger Gefängnis gesessen, jetzt sitzt er in der klapprigen Kabine und sinniert, dass die Menschen eigentlich nur vorwärts- oder rückwärtsfahren. Entweder sitzen sie oder nicht. Keine dritte Option. Der Rest sind nichtige und sinnlose Geschäfte. Wieder und wieder, Welle für Welle, muss er an die Selbstmörder denken, und jetzt wird er richtig böse, weil er nicht versteht, wieso zum Teufel wegen dieser Kinder so viel Aufwand getrieben wird. Alle haben doch ein Ablaufdatum, Männer, Frauen, Grubenarbeiter und Soldaten – alle sind verpflichtet, fristgerecht zu sterben. Leute, die aus irgendeinem Grund länger leben, sind überfällig. Mit diesen Kindern ist bestimmt nichts außergewöhnlich Schlimmes passiert. Im PNI, aber auch in einem freien Leben, würden sie mit achtzehn sowieso in Vergessenheit geraten. Nur wenige Menschen überschreiten ihre Frist, sodass objektiv betrachtet ihr Tod nichts Außergewöhnliches ist. Auch seine eigene Frist ist dem Fahrer bewusst, und er ist sogar ein wenig froh, dass sie sich nähert.

Während er die Hebel hin- und herreißt, denkt er, wie schön es doch wäre, einfach alle zu vergraben! Alle! Die ganze beschissene Welt! Alle Menschen auf der Erdkugel. Männer und Frauen, Alte, Kinder, Gesunde und Kranke – ausnahmslos alle zusammen in einem einzigen großen Grab zu verscharren ... Der Fahrer wäre gern allein auf der Welt. Extrem gern. Wenigstens ein paar Tage. Er würde durch die leeren Straßen von Ostrog spazieren, sich in ein Auto setzen, das jemand hinterlassen hat, und zwei Nächte lang durch das ausgestorbene Land fahren, um das menschenleere Moskau zu genießen. Wie Athen oder sonst eine Stadt ohne ihre Bewohner aussieht, interessiert ihn gar nicht, er möchte nur mit Sicherheit wissen, dass auf diesem elenden Planeten keiner mehr am Leben ist ...

Er springt aus der Kabine und schlendert im Licht der Scheinwerfer langsam Richtung Friedhof. Er steigt über den niedrigen, windschiefen Zaun und nähert sich dem Grab seiner Frau – dem einzigen Ort im Umkreis von mehreren Kilometern, wo er Handyempfang hat. Wie Danko sein brennendes Herz hält er sein billiges Tastentelefon hoch und zündet über dem schlafenden Friedhof ein Sternlein an. Das aufleuchtende Empfangssignal lässt ihn wissen, dass er jetzt problemlos jemanden anrufen könnte, das Problem ist nur, er hat gar keinen zum Telefonieren ...

Keinen Menschen auf der ganzen Welt ...

Sechzehnter Gesang

Der Mittwoch ähnelt dem Dienstag. Alles wie gehabt: monotone Maloche auf der Suche nach der Wahrheit. Um die Kette von Ursache und Wirkung zu erkennen, braucht man keine Vermutungen, sondern handfeste Tatsachen. Gibt es einen Verbrecher, so gilt es, ihn zu finden, gibt es keinen, so kann man sich genauso gut verabschieden, denn die Erforschung sozialer Probleme ist nicht Sache der Ermittler.

Koslow lernt weitere Kinder kennen. Perspektivlose Naivität. Zeichnungen, Grußkarten und Basteleien. Die Psychologen haben sie schon begutachtet und ihre Befunde ausgestellt, doch die gefallen Koslow nicht.

›Neigung zum Suizid. Dass ich nicht lache …‹ Nichts leichter, als im Nachhinein zu diesem Schluss zu kommen, das weiß der Ermittler. Sobald der Tod Realität ist, kann jeder aus beliebigen Faktoren eine Prädisposition zusammenwürfeln.

Seit Stunden sitzt er da und führt sich Glanz-stücke der Psychografie zu Gemüte. Kritzeleien auf Seitenrändern, Bekenntnisse aus Tagebüchern, sogar Fotos von beschmierten Wänden. Outsider-Kunst. Manifest gewordene Ausweglosigkeit, für die Art-brut-Sammler wohl viel gegeben hätten.

Er studiert nicht nur das Material der lokalen Ermittler, sondern auch die Social-Media-Profile der Teenager. Die Akte enthält bereits Auszüge da-raus, doch Koslow will die Scherben der zerbro-chenen Schicksale selbst auflesen.

Die Frage bleibt die gleiche: Wer konnte die Kin-der planmäßig und systematisch in den Selbstmord treiben?

Koslow kennt die bestechende Ausgangslage: Alle toten Teenager haben viele Jahre unter uner-träglichen und traumatisierenden Bedingungen ge-lebt. Aber wer oder was hat sie zu diesem Schritt bewogen? Was hat sie von der Zukunft abgeschnit-ten?

Er gibt Passwort für Passwort ein und liest die Chats der Jungs und Mädchen. Interessantes findet er kaum: Musik, Fotos, Witze und Sticheleien in den Kommentaren. Smileys, GIFs und Online-Ge-schenke. Nichts Auffälliges, keine Todessehnsucht oder Gespräche über den Sinn des Lebens. Maxi-mal ein »Nase voll«, wie man es von jedem haben kann. Leere Statusmeldungen, bescheuerte Chat-gruppen und Zitate von Rappern:

Geboren 1970 am Moskauer Stadtrand. Den Kopf voller Mist – das war bald klar. Mit vier zog ich alles verbal durch den Dreck. Dann Schul-mief, Uniform, Kleber, Fights. Das hat mich alles stärker gemacht. In der Umkleide ständig Kohle geklaut, mit acht eine Kippe nach der andern geraucht. Mit elf zum ersten Mal gefickt, auf die Eltern geschissen, juckt mich nicht. Tauchte tage-lang in den Hinterhöfen ab ...

Koslow findet ein Foto mit allen Heimkindern drauf – lauter fröhliche Gesichter. Unter dem Bild steht: Erster Tag am Strand. In den Kommentaren ein paar Herzchen, jemand blödelt über geschlos-sene Augen. Diese Kinder waren einmal, und jetzt sind sie nicht mehr. Aus dem Leben gefallen wie Milchzähne. Während Koslow das unscharfe Bild studiert, fällt ihm auf, dass die Selbstmörder-Kin-der nicht beisammenstehen. Sie haben nichts ge-meinsam. Offenbar waren sie nicht einmal befreun-det, das Einzige, was sie verbindet, ist ihr früher Tod.

»Was, wenn dort etwas passiert ist?«, fragt For-tow mit einem Blick über Koslows Schulter in die konzentrierte Stille hinein.

»Gute Frage!«

In seinen Gesprächen mit den lokalen Ermittlern, mit Zöglingen und Erziehern wiederholt Koslow sie immer wieder:

»Ist dort am Meer irgendetwas Außergewöhnliches passiert?«

»Nein.«

»Gab es damals am Meer irgendwelche besonderen Vorkommnisse?«

»Nein.«

Antworten wie Zwillinge:

»Ein unvergesslicher Urlaub, kein einziger Regentag! Meer, Glück, und so gutes Essen!«

»Gab es Streit, irgendwelche Konflikte?«

»Aber nein! Wer hätte diese wundervolle Zeit mit Streit verderben wollen? Wir waren alle so glücklich wie nie zuvor. So was muss man genießen!«

Koslow weiß, dass ein Suizid nicht nur aus einem Grund vollzogen wird, sondern meist mehrere Umstände zusammenkommen. Hier müssen diese »mehreren Umstände« in der Zeit im Kinderheim begründet sein – bleibt nur die Frage, was letztlich den Ausschlag gegeben hat.

In jenem Urlaub scheint also nichts Übernatürliches geschehen zu sein. Auch bei der Rückkehr nach Ostrog nicht. Wieder dasselbe gewohnte Leben, genau wie eh und je.

»Alexander Alexandrowitsch, sagen Sie mal ehrlich, Sie haben doch eine Version?«

»Nein, Fortow, noch nicht ...«

Am Nachmittag führt Revierinspektor Michail den Priester herein, Vater Kasemat. Dieser erwartet, schon wieder wegen der Überstellung der Reliquien belangt zu werden, doch der Moskauer fängt von etwas anderem an:

»Wenn Sie so freundlich sein wollen, uns von den Massensuiziden der Altgläubigen zu erzählen.«

»Was willst du denn da hören, mein Sohn? Lies Alexej Tolstoj, hör Mussorgski ...«

»Mach ich, versprochen! Aber es wäre interessant, sozusagen aus erster Hand davon zu erfahren.«

»Aus erster Hand kann ich so weit nichts bieten, und ich weiß auch nicht recht, was ich überhaupt erzählen soll. Früher gab es solche Fälle, ja. Unsere Vorfahren waren der Ansicht, dass die Seele, da es seit der Reform das wahrhaftige Priestertum und die Sakramente nicht mehr gibt, nur durch eine persönliche Heldentat gerettet werden kann, nämlich, indem man sein Leben lässt. Sie führten den eigenen Tod durch Verhungern oder Erfrieren herbei, weil nur der Märtyrertod nicht als Suizid galt, sondern als Weg, den eigenen Glauben zu bewahren.«

»Haben Sie davon den Kindern erzählt?«

»Wieso hätte ich das tun sollen? Heute besteht keine Notwendigkeit, für den Glauben zu kämpfen.«

»Sie haben also nie über Selbstmord gesprochen?«

»Wir, mein Sohn, wir haben uns über alle großen Sünden unterhalten.«

Koslow spricht ungern über Fragen des Glaubens. Gott mag er nicht. Das war schon in seiner Jugend so und festigte sich im Krieg in Tschetschenien und während seiner Arbeit als Ermittler. Wenn es auf der Welt einen absoluten Verbrecher gibt, ist es etwa nicht Gott selbst? Der uns geschaffen hat, raubt uns unser Leben, unsere Träume und Hoffnungen, bringt ohne jeden Skrupel unsere Väter und Kinder um. Und niemand kann ihn dafür zur Rechenschaft ziehen.

›Gott darf alles‹, denkt Koslow häufig.

Er setzt seine Fragerei noch ein paar Minuten fort, aber bald ist er sicher, dass dieser alte Mann ein gutes Herz hat und wohl kaum die Kinder in den Suizid getrieben hat. Es gibt keinen Grund, ihn zu verdächtigen, da vertraut Koslow auf seine Erfahrung. Er sieht ja, dass der Priester selbst ganz mitgenommen ist, deswegen entschuldigt er sich für die Behelligung und begleitet seinen Gast bis vor die Tür.

»Batjuschka«, fragt Koslow bereits im Korridor, »ich habe da noch eine Frage an Sie ...«

»Nur zu, mein Sohn ...«

»Wie muss ich zu eurem unerbittlichen Gott beten, damit meine Frau zu mir zurückkehrt?«

»Bist du denn selbst dazu bereit?«

»Ja, ich wünsche mir so sehr, dass sie zurückkommt!«

»Das meine ich nicht. Bist du bereit zu beten?«

»Ich glaube, ich bin schon zu allem bereit ...«

»Nun, da du zu allem bereit bist, wird sie auch nie zu dir zurückkehren. Du denkst jetzt nur an dich, aber denk doch mal an sie. Und was Gott angeht, so hat er Wichtigeres zu tun. Du, mein Sohn, du bist sehr selbstverliebt. Aber so sind wir alle. Alle! Unfähig, andere zu lieben. Würden wir diese Kinder lieben, dann wären sie nicht von uns gegangen, und sie wären auch dann nicht gegangen, wenn sie selbst wenigstens irgendjemanden auf dieser Welt geliebt hätten, wenn sie fähig gewesen wären zur Liebe. Ja, sie wünschen sich so sehr, sie warten jeden Tag darauf, dass ein Mensch kommt und sie abholt. Genauso, wie deine Frau auf einen anderen Mann gewartet hat, weil sie dich nicht mehr lieben konnte. Sie hat dich nicht verlassen, weil sie wusste, wie sie leben will, sondern nur, weil sie wusste, wie sie nicht mehr leben will. Ich sehe, mein Sohn, dass das schwer für dich ist, und vielleicht kannst du jetzt, erst jetzt, wo du sie verloren hast, wirklich lernen, sie zu lieben, sie, und nicht dich selbst. Und wenn sie das sieht, dann wird sie zurückkommen, aber das ist erst der Beginn, musst du wissen, erst der Beginn, mein Sohn …«

Vater Kasemat geht hinaus auf die Straße. Koslow sieht ihm nach, wischt sich die Augen und kehrt zurück ins Dienstzimmer.

Siebzehnter Gesang

Petja hat noch immer keine Erklärung für seine Festnahme. Die Tage in Unfreiheit fühlen sich an wie Schwerelosigkeit. Seit der Entnahme der DNA-Probe hat keiner mehr mit ihm gesprochen. Die einzige Verbindung zur Außenwelt ist die dröhnende Musik, von der ihm fast der Schädel platzt.

›Wofür sie wohl meinen Speichel brauchen?‹

Das fade Essen, das ihn sehr ans Kinderheim erinnert, scheint absichtlich zu unregelmäßigen Zeiten ausgegeben zu werden. Klappe auf, Klappe zu, keiner sagt dir, was es gibt und wer es bringt. Nur das Licht geht immer zum selben Zeitpunkt aus. Die Wärter schweigen, und der Revierinspektor lässt sich gar nicht blicken. Ein paarmal drückt Petja seine Wange an die Tür und fragt höflich nach einem Anwalt, doch niemand antwortet.

Allein mit seinen Gedanken, bemüht sich Petja immer noch dahinterzukommen, wann er denn und wem er wohl zu nahe getreten sein mag. Er hat jetzt so viel Zeit, dass er auf der Suche nach seiner Schuld sein Leben um viele Jahre zurückspult.

Er erinnert sich, wie er mit achtzehn Jahren zum ersten Mal frei war. Ohne Pflegeeltern. Auge in Auge mit der großen, weiten Welt. Stirn gegen Stirn mit dem Horizont. Wie durch ein Wunder dem PNI entkommen, in das viele ehemalige Heimkinder gesteckt werden, wenn sie ein paarmal in der Psychiatrie gelandet sind, bekam Petja eine eigene Unterkunft. Das bedeutete Freiheit. Ein Volltreffer. Ein Riesenglück. Ein Zimmer im Wohnheim – einer verfallenden Baracke, die früher zum Ostroger Straflager gehört hatte. Das in den Dreißigerjahren erbaute Gebäude entsprach nicht mehr den Normen zur Unterbringung von Strafgefangenen, doch als Wohnung für einen Abgänger des Waisenhauses reichte es allemal. Wie die meisten Heimkinder kaufte auch Petja sich vom staatlichen Startgeld lediglich ein Nachtkästchen und ein Bett – wozu braucht man andere Möbel? Eine weitere, seine teuerste Anschaffung war genauso alt wie Petja – ein rostiger Moskwitsch. Auch nach diesem Kauf war noch ein hübsches Sümmchen von dem Geld übrig, das Vater Staat einmalig auszahlt. Während er die Fahrschule besuchte, versteckte Petja es ein paar Monate lang unter der Matratze. Eines Tages jedoch traf er auf der Straße die Leiterin des Kinderheims, ließ sich von ihr erzählen, wie schwer sie es im Leben hat, und beschloss, ihr zu helfen.

Zurück zu Hause steckte er den Arm in die Matratze und holte seine gesamten Ersparnisse heraus.

Auf der Suche nach einem Job fing Petja erst mal als Kellner im Café Bastille an. Schon am dritten Tag verkrachte er sich mit einem älteren Kollegen:

»Sag mal, Petak, wieso zwei Makkaronen zum Expresso, hm? Hat's nicht geheißen, eins genügt?«

»Das sind Makronen, und es heißt Espresso ...«

»Weißt du was, du kannst mich mal!«

Ungefähr so flog Petja auch anderswo raus. Die Leute kommen nicht zurecht mit einem Heimkind, das immer alles besser weiß. Er wurde von der Tankstelle verwiesen, wo er den Fernfahrern erzählte, dass sie ihre Frauen nicht betrügen sollen, und von der Eisenbahn, wo er die Kollegen darauf hinwies, dass Alkohol am Arbeitsplatz verboten ist. Als Gemeindebediensteter verlegte er unter dem Hauptplatz Rohre und warnte nach wenigen Tagen seine Kameraden, dass auf dieser Baustelle alle erdenklichen und undenkbaren Vorschriften übertreten würden.

»Entschuldigt bitte meinen Einwand«, versuchte Petja aufgeregt zu erklären, »aber hier liegt irgendwo eine Zeitkapsel vergraben, und wenn wir weiter so nachlässig arbeiten, platzen die Kanalrohre, und die Botschaft unserer Vorfahren an die zukünftigen Generationen schwimmt in der ...« Er konnte sich nicht dazu durchringen, das Wort »Scheiße« laut auszusprechen.

Der Vorarbeiter erfasste die Situation und entschied, Petja zu kündigen.

Nennenswerte Ausgaben hatte der Junge nach wie vor keine, aber nachdem er sein Gratistaxi unterhalten wollte, musste er sich immerhin das Benzin leisten können. Und nachdem er überall nach spätestens einem Monat rausgeflogen war, heuerte er in der Hygienewarenfabrik an. Tagelang saß er nun am Fließband und sortierte Wattestäbchen aus. Diese Arbeit gefiel ihm gut. Erstens konnte er für sich sein, und zweitens hatte er das Gefühl, eine große Verantwortung zu tragen, denn die Wattestäbchen, die er produzierte, fanden weit und breit Verwendung.

Und jeden Feierabend startete er seinen alten Moskwitsch und brachte Kollegen und Rentner kostenlos an die gewünschten Adressen.

›Haben sie mich vielleicht deswegen verhaftet? Geht es darum, dass ich keine Lizenz zur Beförderung von Fahrgästen habe? Aber ich habe doch damit kein Geld verdient! Ich habe die Leute immer gratis gefahren, wie Freunde. Es ist doch nicht verboten, Kollegen mitfahren zu lassen?‹

Stundenlang nimmt er Kapitel für Kapitel seines Lebens durch und sucht nach dem Moment, wo er einen Fehler begangen hat, doch die Ausbeute bleibt mager.

›Was habe ich denn falsch gemacht? Wann habe ich jemandem Schaden zugefügt und womit? Vielleicht hat sich jemand beschwert, dass ich so lange beim Bahnübergang stehe? Aber einfach so drüberrattern wie unsere Taxifahrer, das darf man ja nicht!‹

Ein weiterer Tag verstreicht mit der Suche nach dem eigenen Vergehen. Bis in der Zelle das Licht ausgeht und sich Petja, jahrelang so konditioniert, sofort auf die Pritsche legt und die Augen schließt.

Achtzehnter Gesang

Als es klopft, denkt Koslow, es sei sein Kollege. Brummelnd kriecht er aus dem Bett und öffnet die Tür, um verwundert seinen Irrtum festzustellen.

»Kann ich reinkommen?«

»Was willst du denn?«

»Reden …«

»Komm morgen zu mir ins Büro, nach zwölf.«

»Hören Sie auf, das ist doch kindisch!«

Als Agata eintritt, bemerkt Koslow in ihren Händen eine Flasche Wein.

»Wie bist du überhaupt hereingekommen?«

»Ganz einfach, ich habe gesagt, dieser belämmerte Ermittler aus Moskau hat mich um ein Gespräch gebeten.«

»Nicht übel …«

»Nicht wahr? Gelernt ist eben gelernt! Und ich hab sogar Gläser dabei, sehen Sie nur!«

»Das wird dir leider nichts bringen – ich hab nichts zu erzählen.«

»Glauben Sie immer noch, ich will Sie interviewen?«

»Keine Ahnung …«

»Und wenn ich Sie einfach besuchen wollte?«

»Du kennst mich doch gar nicht …«

»Wieso? Ich hab Ihnen in die Augen geschaut, mich mit Ihnen unterhalten. Hab Ihnen beim Essen zugesehen. Was muss man denn sonst noch wissen über einen Mann? Außerdem kenne ich Ihre Arbeit ein bisschen. Nur eins kann ich nicht verstehen …«

»Was denn?«

»Warum tragen Sie noch immer Ihren Ehering?«

»Weil ich verheiratet bin …«

»Aber Ihre Frau ist doch längst weg.«

»Woher weißt du das?«

»Ihnen läuft eine Leuchtschrift über die Stirn.«

»Ich finde nicht, dass dich mein Privatleben etwas angeht …«

»Wie lange wollen Sie ihr noch nachweinen? Hundert Jahre? Zweihundert? Sie sehen gut aus, sind klug, wieso hören Sie nicht damit auf, sich Vorwürfe zu machen?«

»Was wird das, eine Psychotherapie?«

»Ich glaube nicht, dass Sie dazu bereit sind. Vielleicht zu einer anderen Therapie … Machen Sie endlich den Wein auf?«

»Ich hab keinen Öffner …«

»Lassen Sie sich was einfallen, Sie sind der Mann!«

Koslow drückt mit dem Zimmerschlüssel den Korken nach innen. Der Wein spritzt heraus, und dunkelrote Tropfen landen auf seinem T-Shirt. Er flucht, dann schenkt er trotzdem ein. Der Wein ist kalt, aber das ist auch schon das Einzige, was das billige Gesöff rettet.

»Und, worauf trinken wir?«, fragt Koslow ein wenig ratlos.

»Darauf, dass in unserer Welt das Glück nur in kurzen Abenteuern zu finden ist.«

Agata lächelt, nimmt einen Schluck und sieht zum Fenster hinaus. Seltsam fühlt sich das alles an – Koslow hat schon vergessen, wie es ist, jemandem zu gefallen.

›Erst werden wir uns ein bisschen über Belangloses unterhalten, zwei, drei lustige Geschichten aus dem Job zum Besten geben, und dann macht einer von uns den ersten Schritt. Ein simples Spiel, das alle seit der Jugend kennen.‹

»Wollen Sie mich nicht küssen?«

Oder eben so, ohne Umwege. Direkt. Gute Frage, aber schwierig. Koslow weiß es nicht. Vielleicht will er, vielleicht auch nicht. Seine Dana, ja die würde er küssen wollen, aber was diese Frau angeht ... Kann sein. Wer weiß es denn mit Sicherheit, solange die Ermittlungen nicht abgeschlossen sind?

›Wahrscheinlich‹, denkt Alexander, ›sollte ich es tun, irgendwie muss ich dieses neue Leben ja anfangen.‹

Aber er ist beunruhigt. Was, wenn diese Dame mit seiner Frau bekannt ist? Er weiß sehr gut, wie solche Provokationen eingefädelt werden. Seine Verliebtheit in die eigene Frau macht ihn argwöhnisch.

›Andererseits‹, denkt er, ›sind schon so viele Jahre vergangen ...‹

Agata nimmt seine Hand und saugt sich an seinen Lippen fest. Ihr Atem ist heiß, ihre Zunge stark, aber ihr fordernder Kuss ist ihm unangenehm.

›Dana küsst besser‹, stellt er fest.

Die Berührung ist leer. Weder erregen ihn die Lippen noch betört ihn der Duft dieser Frau. Mit geschlossenen Augen stellt er sich vor, seine Dana zu küssen, und Agata bemerkt das:

»Sieh mich an! Hör auf, in der Vergangenheit zu leben. Denk nicht dein Leben lang an das, was vorbei ist. Lass dich nicht hängen, Kopf hoch! Es ist wie mit dem Himmel. Manche Sterne, die wir sehen, sind schon längst erloschen. Ihr Licht erreicht uns, aber sie selbst sind schon vor tausend Jahren verglommen. Genauso ist es mit deiner Frau – es gibt sie nicht mehr!«

»Muss wohl so sein …«

»Gefalle ich dir denn nicht?«

»Ja, wahrscheinlich bist du sehr schön …«

»Dann schau mich an!«

Agata zieht ihren Pullover aus und öffnet Knopf für Knopf ihre Bluse.

»Vergiss sie!«

Agata beschwört ihn, aber Koslow bleibt stur. Während er sie ansieht, wünscht er sich sehnlich zurück nach Moskau. Alles, was an Dana nicht perfekt ist, die Fältchen, die sie mit der Zeit bekommen hat, die vom Frost rissig gewordenen Hände, all das erscheint ihm unbezahlbar im Vergleich zu diesem fremden Körper. Während er noch immer an seine Frau denkt, küsst ihn Agata, die das spürt, noch leidenschaftlicher. Ihre Zungenspitze gleitet über seine Wangen, sein Kinn, seinen Kehlkopf und seinen Hals. Sie zieht ihm das Simpsons-Shirt mit den Weinflecken aus und küsst ihn auf Schultern und Brust, dann auf den Bauch, und dann öffnet sie seine Jeans und fasst in seine Unterhose. Mit sanften, langen Fingern streichelt sie ihn, aber vergeblich – er gerät nicht in Fahrt.

»Verarschst du mich?«

»Nein.« Er setzt sich auf den Bettrand.

»Soll ich ihn in den Mund nehmen?«

»Weiß nicht …«

»Du weißt nicht?! Spinnst du?! Sag mal, bist du krank im Kopf? So eine Chance wirst du nie wieder haben, und du sagst zu mir, du weißt nicht?!«

»Ich weiß nicht …«

»Trottel! Sie wird nie zu dir zurückkommen, nie!«

»Das reicht jetzt, verschwinde …«

Neunzehnter Gesang

Bei einem Match zwischen Manchester United und Leeds United im Jahr 1997 trug Mittelfeldspieler Roy Keane bei einem Zusammenstoß mit Alf-Inge Haaland eine schwere Knieverletzung davon. Nach dem Foul warf der Norweger dem schmerzgekrümmten Spieler noch hin: »Simulieren müsste man können!«

Roy Keane merkte sich das, und als das Schicksal die beiden Spieler vier Jahre später wieder zusammenbrachte, sprang er aus Leibeskräften Haaland ins Knie. Die ganze, jahrelang angesammelte Wut legte der Ire in diese Attacke und fügte dem Norweger eine Verletzung zu, von der sich dieser nie wieder richtig erholen würde. Dazu schrie er: »Stell dich nie wieder über mich, und nenn mich nie wieder Simulant!« Zum Abschied spuckte er auf den am Boden liegenden Haaland und verließ im Licht der Roten Karte das Spielfeld.

Revierinspektor Michail liebt diese Geschichte. Seit er in seiner Ostroger Wohnung Internet hat, sitzt er stundenlang vor dem Video und schaut zu, wie Keane sich an Haaland rächt. Das Ergebnis des Gutachtens feiert er wie einen Triumph – nun scheint seine Zeit gekommen zu sein, »Koslow eine reinzuwürgen«.

Dass hinter der ganzen Geschichte Petja Pawlow stecken könnte, ist Michail nicht sofort eingefallen. Darauf hat ihn die Leiterin des Kinderheims gebracht, mit der er etwas laufen hat, das der Volksmund »Techtelmechtel« nennt. Dreimal die Woche treffen sie sich zu schnellem Sex und einer halben Stunde Reden danach. Der Eine ist mehr für den ersten Teil, die Andere hängt an der Illusion einer Beziehung im Anschluss. Als sie mit der Kritik an ihren verhassten Ehepartnern durch sind und fast ihr ganzes Arsenal an vorgetäuschter Nähe verpulvert haben, fangen sie eines Tages von handfesten Dingen an.

»Pawlow war's, ganz sicher!«, verkündet die Heimleiterin schon nach dem zweiten Suizid.

»Was? Wie meinst du das?«

»Die machen das nicht selber – das war Pawlow!«

»Da weist aber alles auf Suizid hin, red keinen Unsinn!«

»Nein, Selbstmorde sind das keine! Ich bin mir sicher, dass Pawlow sie dazu angestiftet hat!«

»Und wieso?« Michail raucht sich eine Zigarette an.

»Überleg mal: Der war doch immer schon so komisch! Er war von Anfang an dagegen, weil er selber nicht mitfahren konnte. Und weißt du, was er uns immer gefragt hat, als er noch bei uns war? ›Ich hab doch keinen umgebracht? Ich werde doch nie einen umbringen?‹«

»Das hat er gesagt?«

»Ja! Ständig!«

»Ja, und sonst?«

»Sonst tat er immer, als hätte er Angst, auf einen Wurm zu treten oder eine Mücke zu verschlucken!«

»Tat er nur so? Vielleicht hatte er wirklich Angst …«

»Ja, vielleicht, aber darum geht's ja nicht, es geht darum, dass er von klein auf Mordgedanken im Kopf hatte! Zuerst ist es Angst, dann wird daraus eine Möglichkeit …«

»Ich fürchte, das kann ich nicht zu den Akten nehmen.« Michail grinst und legt ihr eine Hand auf die Brust.

»Aber trotzdem, denk mal drüber nach!«

Und Michail denkt nach. Da er für die jugendliche Suizidserie keine Erklärung finden kann, denkt er immer öfter an diesen komischen Kauz Petja.

Nicht nur seine Bettpartnerin, auch sein eigenes Gedächtnis lenkt ihn zunehmend in diese Richtung. Erstens hat dieser Pawlow tatsächlich davor gewarnt, dass auf die Reise ans Meer eine Katastrophe folgen würde, und zweitens wirkt er mehr als alle anderen wie ein Serienmörder. Obwohl sie Tausende Kilometer von der Hauptstadt entfernt wohnen, wissen die Leute dank der Allgegenwart des Fernsehens ganz genau, wie ein Serienmörder auszusehen hat.

Zwar wurde Petja an keinem der vier Tatorte gesehen, aber davon lässt sich der Revierinspektor nicht abhalten. Mittlerweile fest überzeugt von Pawlows Beteiligung, ordnet er am dritten Schauplatz plötzlich eine Probenentnahme an. Das finden zwar alle seltsam (weil ja nichts auf einen gewaltsamen Tod hinweist), er besteht jedoch darauf und … liegt richtig! An der Stelle des Suizids wird eine DNA gefunden, die nicht zum Opfer gehört. Als der vierte Teenager stirbt, ordnet Michail wieder eine Analyse an, und die fremde DNA schlägt wieder durch, und zwar dieselbe wie beim vorigen Mal. Jetzt, wo kein Zweifel mehr besteht, dass die Kinder in ihren letzten Minuten nicht allein waren, geht Michail davon aus, dass höchstwahrscheinlich Pawlow bei ihnen war, und behält wieder recht!

Stellen Sie sich vor, aus hundert Metern Entfernung und mit geschlossenen Augen mit einem Pfeil einen Apfel zu durchbohren. Dieser unmögliche Kunstschuss gelingt dem Ostroger Ermittler. Der Hinweis seiner Bettgenossin, gepaart mit seinem Instinkt und multipliziert mit Glück, macht das Unmögliche möglich – der Laborbefund bestätigt, dass mit einer Wahrscheinlichkeit von 99,9 Prozent Pjotr Petrowitsch Pawlow bei den Kindern war, als sie Suizid begingen, und alles, was jetzt noch offen ist, ist die Frage: Warum?

Schlaftrunken findet sich Petja im Dienstzimmer wieder. Dort erwarten ihn Michail und drei seiner hiesigen Kollegen. Sie setzen Petja an einen Tisch und beginnen das Gespräch.

»Na dann, grüß dich, Petak!«

»Guten Tag, Michail …«

»Du siehst ja, es ist spät, also erzähl uns jetzt mal schnell alles, damit wir bald fertig sind, ja?«

»Ja, selbstverständlich!«

»Sehr gut! Also, Petja, berichte uns, was du mit den Kindern gemacht hast.«

»Mit welchen Kindern?«

»Mit den Kindern, die Selbstmord begangen haben.«

»Gar nichts hab ich gemacht mit denen …«

»Petja, wir haben uns doch gerade geeinigt, nicht wahr? Ich stelle dir die Frage jetzt noch einmal, und du erzählst mir alles, gut?«

»Gut!«

»Wie hast du die Kinder dazu gebracht, es zu tun?«

»Was zu tun?«

»Hör mal, Petja, jetzt geht mir schon langsam die Geduld aus. Du hast wahrscheinlich gedacht, du kannst uns alle hinters Licht führen. Aber nicht dieses Mal. Wir haben einen hundertprozentigen Beweis, dass du dort warst!«

»Wo?«

»An den Tatorten, Pawlow!«

»Wann?«

Die letzte Frage bringt Michail auf die Palme. Er fasst Petja am Kragen und schlägt einen völlig anderen Ton an:

»Hör zu, du Drecksau, das hier sind die DNA-Befunde, und damit wissen wir, dass du Scheißkerl an allen vier Tatorten warst. Und jetzt wirst du uns sofort alles erzählen, was du gemacht hast, alles genau und der Reihe nach, und glaub mir, du Schwachkopf, es ist in deinem Interesse!«

»Aber ich war nicht dort!«, sagt Petja gerade noch, bevor ihn Michails erster Schlag trifft.

Er wischt sich das Blut ab und bleibt dabei. Noch

immer versteht er nicht, was hier vor sich geht. Warum ist er hier? Wieso schlagen sie ihn?

»Wo warst du am Siebenten?«

»Zuerst bei der Arbeit, dann zu Hause.«

»Kann das jemand bezeugen?«

»Nein, ich wohne ja allein.«

»Und am Zwölften?«

»Zu Hause …«

»Und am Zweiundzwanzigsten?«

»Auch zu Hause, glaube ich …«

Petja hat kein Alibi. Für keinen der vier Tage. Keiner hat ihn gesehen, keiner kann seine Aussage bestätigen. Zu allem Unglück sind alle Suizide an Tagen passiert, an denen Petjas Taxi außer Betrieb war.

»Hör zu, Petja, ich sag dir jetzt ein letztes Mal im Guten: Erzähl uns, wie du die Kinder zum Selbstmord angestiftet hast, und wenn du brav mitmachst, dann helfe ich dir, deine Strafe zu verringern. Zumal du nichts zu befürchten hast – viel gibt es für Anstiftung zum Suizid ja nicht.«

»Aber ich hab niemanden angestiftet!«

»Hörst du nicht, du Drecksau!«

Allerdings gibt es jetzt nicht mehr viel zu hören. Michail fordert nur noch eins. Alles, was er von Petja noch will, ist immer wieder: Ja.

Wie ein Feiertagstischtuch breiten sie Petja über

den Tisch. Drei halten ihn fest, einer agiert. Michail reißt ihm ein Büschel Haare aus, und als er sieht, dass der Junge diese erste und leichteste Folter einfach wegsteckt, nimmt er einen gewöhnlichen Plastiksack zur Hand. Als Gefängniswärter hat er diese Methode einst bei Häftlingen angewandt, daher kennt er ihre zuverlässige Wirkung. Er zieht Petja den Sack über den Kopf und wickelt ihm eine Schnur um den Hals. Er weiß, dass es schon nach dem dritten Atemzug unerträglich im Hals zu brennen beginnt und Petja reden wird.

»So, und jetzt frag ich dich noch einmal: Wie hast du die Kinder dazu gebracht, das zu tun?!«

Aber anstelle einer Antwort röchelt Petja nur.

Bevor er erstickt, zieht ihm der Revierinspektor den Sack vom Kopf und wechselt zu anderen Methoden. Weil der Elektroschocker Spuren hinterlassen kann (erprobt), entscheidet er sich für das Spiel »Anruf beim Freund«. Er nimmt einen präparierten Telefonapparat zur Hand, der mit einem Dynamo ausgestattet ist, befestigt mithilfe seiner Kollegen die Klemmen an Petjas Genitalien und schaltet den Strom ein. Petja schreit, Michail grinst. Ein Gewitter in einem menschlichen Körper, Blitze durchzucken ihn bis in die letzte Zelle. Stromschlag für Stromschlag, und noch eine kleine Entladung.

Petjas Mund füllt sich mit Blut, und in seiner Not beißt er so stark die Zähne aufeinander, dass sie zu splittern beginnen. Michail weiß nicht, dass Petja einen ähnlichen Schmerz von früher kennt: Um Geld zu sparen, werden Zahnbehandlungen bei Heimkindern oft ohne Betäubung durchgeführt. Aber Michail macht weiter.

»Glaubst du etwa, du Scheißkerl, ich spiele bei deinen Spielchen mit? Wir haben hier einen Beweis, der sagt uns mit 99-prozentiger Sicherheit, dass du dabei warst!«

»Ne-e-e-ein!«, stammelt Petja mit dem Mund voller Blut.

Dieser Pawlow will einfach kein Geständnis ablegen, und Michail, jetzt nicht mehr zu bremsen, schlägt ihm in seiner unbeherrschten Wut ins Gesicht und in die Nieren … mit einem Buch. Damit keine Spuren bleiben. Es ist Platonows *Tschewengur*. Auch die Kollegen machen mit, und als Petja das Bewusstsein verliert, schalten sie den Teekocher ein und schütten ihm kochend heißes Wasser in den Mund. Er reißt die Augen auf und schreit, und erfreut darüber, dass Petja wieder bei Sinnen ist, ordnet Michail eine Pause an.

Sie legen ihrem Verdächtigen Handschellen an, hängen ihn in seiner Zelle mit einer Hand ans Fenstergitter, drehen in voller Lautstärke Musik auf und lassen ihn allein. Die Band Virus! spielt sehr laut und fröhlich:

> Wo sind die Hände, wo sind denn eure Hände?
> Lasst uns alle tanzen, die Hände in die Luft!
> Wo sind die Hände, wo sind denn eure Hände?
> Lasst uns alle tanzen, die Hände in die Luft!

Nach zwanzig Minuten kommen die vier Ordnungshüter zurück in die Zelle. Wer wer ist, kann Petja jetzt nicht mehr unterscheiden. Michail stellt fest, dass auch diese Foltermethode, die er noch nie angewandt hat, Wirkung zeigt. Ein gedankliches Häkchen. Von der lauten Musik und den Schlägen läuft Petja das Blut aus den Ohren. Seine Augen sind geschlossen, und um das Verhör fortzusetzen, lösen die Kollegen ihn vom Fenstergitter und spritzen ihm wieder kochendes Wasser ins Gesicht.

In der Erwartung, dass der Übeltäter jeden Moment einknickt, und im Wissen, dass man jetzt keinesfalls aufgeben oder Schwäche zeigen darf, legen sie ihn auf den Boden und spielen »Fallschirmspringer« – der Reihe nach hüpfen sie vom Tisch herunter auf ihn drauf. Von Zeit zu Zeit stellt Michail noch Fragen, aber Petja gibt keine Antwort mehr. Und der Revierinspektor würde sowieso nicht zuhören.

Als es Zeit wird, das Geständnis zu unterschreiben, schieben sie Petja einen Kugelschreiber zwischen die kraftlosen Finger und krümmen sie so, dass er ihn hält, woraufhin Petja eine Sekunde lang ein Lebenszeichen von sich gibt – er stöhnt.

Kurz gesagt, es funktioniert alles bestens. Schon um vier Uhr früh verfügt Michail über Pawlows Unterschrift und ein einst weißes, aber jetzt vollgeschriebenes Blatt Papier. Das Geständnis liegt vor, der Kreis schließt sich.

Die Gerechtigkeit trägt ihren Sieg davon, und Petjas geschundener Körper wird aus dem Dienstzimmer geschleift.

Die Ermittler waschen sich erst mal die Hände.

Zwanzigster Gesang

Der dunkle Wald schweigt. Kein Wind spielt in den Gipfeln. Zerfurcht von Bulldozern, umringt das trockene Gehölz noch immer die Stadt. Noch wurde diese natürliche Einkesselung nicht durchbrochen. Noch steht keine neue Fabrik da, aber die Vögel sind weg. Der Specht klopft nicht mehr. Nicht am Morgen, nicht den Tag durch, nicht am Abend. Das Leben hat sich aus dieser Gegend zurückgezogen, und wie ein schütterer Zaun ragen nur die Pfähle aus dem Fundament, nicht einmal Bäume – lediglich vereinzelte dürre, kranke Spieße.

Der Fahrer setzt sich neben seinen Bulldozer und lehnt sich an ein Rad. Er steckt sich eine Zigarette an und denkt, dass er wohl ein paar Gräber auf Vorrat ausheben sollte.

Damit hat er recht. Im selben Moment nimmt Vera, als Ljubow endlich eingeschlafen ist, eine tödliche Dosis Medikamente. Sie schließt die Augen und hofft, dass ihre Schwester vom Brechreiz nicht aufwacht. Sie spürt, wie ihr von dem Mix an Präparaten allmählich schwindlig wird, und wünscht sich, ihre Schwester möge nie wieder die Augen öffnen.

»Hoffentlich wacht Ljubow nicht auf«, flüstert sie.

Vera weiß, wenn ihr Plan scheitert, dann hat ihre Schwester ein weiteres, und zwar ein schwerwiegendes Argument für die Trennung. Das darf auf keinen Fall passieren, also schluckt sie auf Nummer sicher noch ein Dutzend Tabletten. Das hätte sie sich auch sparen können – der Tod tritt bereits ein.

Im Zimmer ist es jetzt ganz leise. So ruhig und tonlos ist es hier, dass Vera sogar kurz glaubt, schon tot zu sein …

Im winzigen Städtchen Ostrog geschieht eine Selbstmordserie unter Teenagern.

Vor dem Hintergrund der öffentlichen Resonanz in Moskau werden den Ostroger Kollegen zwei Ermittler aus der Hauptstadt an die Seite gestellt. Einer der beiden war schon einmal da.

Am Tag der Anreise findet der vierte Suizid statt.

Ermittler Koslow beginnt seine eigenen Untersuchungen und versucht zu verstehen, was die

Jugendlichen zu diesem Schritt bewogen haben mag.

Michail (der Ostroger Revierinspektor) nimmt einen Bewohner von Ostrog fest, das ehemalige Heimkind Pjotr Pawlow.

Auch die siamesischen Zwillinge Vera und Ljubow begehen Selbstmord.

Ein DNA-Test weist mit 99,9-prozentiger Wahrscheinlichkeit darauf hin, dass Pjotr Pawlow am Schauplatz jedes Suizids anwesend war.

Auf dieses Wissen gestützt und im Bestreben, für Gerechtigkeit zu sorgen (so wie er sie versteht), prügelt Revierinspektor Michail aus Petja Pawlow ein Geständnis heraus.

Sie sind jetzt hier,
und weiter ...

Der Moskauer Ermittler Koslow findet heraus, was der Grund für die vier Suizide war, und kehrt nach Moskau zurück, aber nicht sofort ...

Einundzwanzigster Gesang

Wieder allein, masturbiert Koslow. Als er fertig ist, geht er die Weinflecken aus Homer Simpson waschen und dann zurück ins Bett. In einer Ecke des Fensters schaukelt anstelle des Vollmonds eine windschiefe Straßenlaterne. Wie ein berühmter Moskauer Fernsehmoderator sagen würde: Im Badezimmer weint der Wasserhahn.

Mit den Fingerspitzen auf seine Brust trommelnd, kehrt Koslow gedanklich zu dem Fall zurück. In seinem Kopf zeichnen sich die Verbindungen zwischen den Heimkindern ab. Er hat das Gefühl, mittlerweile schon das eine oder andere zu begreifen. Zwar hat sich noch nicht ganz herauskristallisiert, was der Auslöser war, aber er glaubt, schon ganz nah an der Lösung zu sein. Es fehlt nur noch ein letztes Puzzleteilchen. Er muss nur noch einen einzigen Schritt machen, die Hand ausstrecken und zupacken – aber was ist es, was er da erhaschen muss? Wie eine schwierige Rechnung mit vielen Variablen, die sich der Lösung entzieht, wie ein Wort, das auf der Zunge liegt, aber immer entwischt, wie die Partnerin beim Cha-Cha-Cha nähert sich die Antwort und entfernt sich sogleich wieder, macht einen Schritt vor und zwei zurück. Wie hieß dieser Film damals? *Die Straße?* Welches Jahr war das? Koslow nagt an seiner Nagelhaut und geht noch einmal alles durch, was er bisher weiß:

›Ein paar Jahre nach einer Reise ans Meer haben vier Jugendliche Suizid begangen … hintereinander. Keine besonderen Vorkommnisse, nichts, was aus der Reihe fällt … Was kann sie dazu bewogen haben? Was ist denn nur mit euch allen passiert, Kinderchens?‹

Er dreht sich vom Fenster weg und erinnert sich, die rissigen Tapeten mit den Schiffchen darauf musternd, an die Worte seines Kollegen:

»Dieser Rinat Kassimow zum Beispiel – ich habe gehört, dass er seinen Tee nie aus dunklen Tassen getrunken hat. Immer nur aus weißen! Der war also seltsam, mit dem hat von Anfang an was nicht gestimmt.«

»Das ist normal, Fortow! Ich hasse es auch, Kaffee oder Tee aus dunklen Tassen zu trinken.«

»Dann sind Sie eben auch seltsam, Alexander Alexandrowitsch!«

»Hüte deine Zunge, Fortow.«

»Ach, ich wollte Sie nur ein wenig aufheitern.

Aber im Ernst, über diesen Kassimow wird allerhand erzählt. Er hatte Angst vorm Autofahren, befürchtete immer, in einen Unfall zu geraten, hatte Angst vorm Fliegen, angeblich hat er sich auf dieser Reise ans Meer mit Händen und Füßen dagegen gewehrt, ins Flugzeug einzusteigen ...«

»Das zeugt aber doch erst recht davon, Fortow, dass er am Leben bleiben wollte!«

Koslow ist bewusst, dass ihnen die Zeit davonläuft. Es wird der Moment kommen, in dem er, der in diese Ödnis geschickt wurde, eine Entscheidung treffen muss. Es bleibt ihm ein letzter Tag – morgen. Schon Freitagfrüh soll er in Moskau anrufen und über das Ergebnis der Untersuchung Bericht erstatten. Aufgrund des weiteren Suizids könnte er natürlich versuchen, ihre Dienstreise zu verlängern, aber freuen würde das den Vorgesetzten nicht. Die weiterhin hohe Frequenz der täglichen Fernsehrapporte zeigt, dass man sich mit der Aufklärung nicht mehr länger Zeit lassen darf. Die einzige Option: den Fall nach Moskau mitzunehmen.

So führt Koslow seine Selbstgespräche, in denen er bisweilen die Ermittlungen vergisst und stattdessen alle Argumente durchgeht, mit denen er seine Frau zur Vernunft bringen will. In einem dieser Momente fängt plötzlich das Telefon auf dem Tisch zu vibrieren an. Er erblickt Danas Foto und macht große Augen. Zum ersten Mal seit langer Zeit ruft seine Frau von sich aus an.

Er lässt ein paar Sekunden verstreichen, bevor er »den Hörer abnimmt«, indem er rasch, wie mit einem Streichholz über die Schachtel, mit dem Daumen über den Streifen wischt. Er tippt auf Lautsprecher und presst die Lippen zusammen, um auf keinen Fall als Erster zu sprechen:

»Hallo, Koslow!«

»Hallo …«

»Bist du in Moskau?«

»Nein, auf Dienstreise.«

»Ich hab dir geschrieben, hab dich gefragt, wie es dir geht.«

»Hab ich gesehen, ja, aber ich wusste nicht, was ich antworten soll …«

»Dachte ich mir. Hör mal, Koslow, ich hab das Gefühl, du wartest auf mich und machst dir irgendwelche Hoffnungen, deswegen hab ich beschlossen, es dir gleich zu sagen …«

»Was denn?«

»Ich bin schwanger, Koslow. Mein Freund und ich, wir bekommen ein Kind. Also, lass bitte alle deine Hoffnungen fahren, okay?«

»Okay, danke …«

»Danke wofür, Koslow?«

Im Zimmer ist es still.

Der Wasserhahn schnieft.

Koslow wirft das Handy aufs Bett und bedeckt sein Gesicht mit den Händen.

Irgendwo weit, weit weg sagt seine Frau noch etwas zum Abschied, und plötzlich wird dem Ermittler bewusst, dass er in seinem Leben nie wieder das Meer sehen wird.

Nie wieder.

Zweiundzwanzigster Gesang

Am nächsten Morgen sitzt Koslow an seinem Schreibtisch – und hat den Fall gelöst. Er sieht auf die Uhr und wählt ein paarmal Michails Nummer, aber der hebt nicht ab. Statt der langen Signaltöne läuft eine muntere Melodie.

> Plötzlich quietscht wie im Märchen die Tür,
> ich seh alles ganz klar vor mir.
> Lang hab ich mein Schicksal verflucht,
> und doch immer nur dich gesucht.

Koslow legt das Handy weg und blättert wieder in dem Material, bis er schließlich ein Dokument findet, das, wie er jetzt überzeugt ist, seine Annahme bestätigt:

Ministerium für Familie, Demografie-
und Sozialpolitik der Oblast Ostrog
Staatliche Bildungseinrichtung für Waisenkinder
ohne elterliche Fürsorge »Kinderheim Ostrog«
Oblast Ostrog, Stadt Ostrog,
Straße der Freiheit 6

An den Oberarzt
des Psychiatrischen Kreiskrankenhauses

Ansuchen
Die Administration der SBE *»Kinderheim Ostrog« bittet um stationäre Aufnahme, Untersuchung und Behandlung des Zöglings (beliebigen Namen einfügen) in der Abteilung für Psychiatrie.*

Heimleitung
Datum Unterschrift

Als Koslow gerade umblättert, betritt Michail ganz außer Atem das Dienstzimmer. Unfreundlich grüßt er und legt schweigend ein paar Blätter auf den Tisch.

»Was ist das denn jetzt noch, Mischa?«

»Lesen Sie selbst, Alexander Alexandrowitsch ...«

»Bist du auf der Flucht vor irgendwem?«

»Nein, die Zwillinge wurden gefunden …«

»Und wieso hast du mich nicht benachrichtigt?«

»Na ja, was hat das mit unserem Fall zu tun?«

»Bist du sicher, dass es damit nichts zu tun hat?«

»Ganz sicher.«

Koslow erwidert darauf nichts. Er wendet sich ab und beginnt zu lesen. Was da steht, ist nicht ohne. Nicht nur ein Gutachten, das bestätigt, dass ein gewisser Pawlow bei allen Suiziden anwesend war, sondern auch ein aufrichtiges Geständnis des Tatverdächtigen.

»Habt ihr etwa Proben genommen?«

»Mhm …«

»Aber auf welcher Grundlage? Hat doch nichts darauf hingedeutet?«

»Wir wollten es eben genau wissen, und wie Sie sehen, war es nicht umsonst …«

›Seltsam‹, denkt Koslow. ›Äußerst seltsam!‹

Verblüfft sieht er den Revierinspektor an. Der denkt gar nicht daran, seine Freude zu verbergen. Michail triumphiert. Koslow steckt den Schlag weg und liest noch einmal Pawlows Geständnis und das Ergebnis der DNA-Untersuchung. Einerseits sind die Fakten nicht von der Hand zu weisen, andererseits glaubt er immer noch an seinen Geistesblitz von letzter Nacht. Und obwohl er nicht zu jener Kategorie von Ermittlern gehört, die auf Biegen und Brechen an ihrem Verdacht festhalten, scheint ihm diesmal, dass es noch zu früh ist, die Zelte abzubrechen.

»Lass uns zu den Schwestern fahren ...«

»Was haben denn Sie dort zu suchen, Alexander Alexandrowitsch?«

»Lass uns fahren, hab ich gesagt.«

Auf der Fahrt versucht Koslow zum x-ten Mal, alles, was er bisher weiß, zu einer Einheit zusammenzufügen. Hinzugekommen sind das Geständnis eines gewissen Pawlow und die hundertprozentige Sicherheit, dass dieser Pawlow an allen Tatorten anwesend war. Koslow weiß, eigentlich sollte er Michail gratulieren und seine Koffer packen, aber er spürt: Hier stimmt etwas nicht. Seine eigene Version gefällt ihm nach wie vor weitaus besser – im Gegensatz zu dem, was Michail vermutet, ist sie aus dem Leben gegriffen.

»Aber dieser Pawlow«, fragt Koslow und sieht in den draußen vorbeiziehenden Wald, »was ist das überhaupt für einer?«

»Na ja, so eine Art Dorftrottel. Ich hab ehrlich gesagt sofort an ihn gedacht, aber ich wollte Sie nicht ablenken, Alexander Alexandrowitsch, solang es keine Beweise gab«, heuchelt Michail. »Er hat im Kinderheim gewohnt, wurde dreimal von Pflegeeltern aufgenommen. War oft in psychiatrischer Zwangsbehandlung, das hat ihm offenbar den Rest gegeben.«

»Und was hat er in letzter Zeit so gemacht?«

»Er protestiert andauernd gegen irgendwas …«

»Und sonst, hat er sonst was gemacht? Hatte er Arbeit?«

»Ach, was heißt Arbeit? Er war in der Fabrik, hat Wattestäbchen gerollt.«

In dem Moment, in dem der Revierinspektor das mit der Fabrik sagt, schnalzt es in Koslows Ohr. Eine Sekunde lang verzieht er vor Schmerz das Gesicht, dann denkt er – zum Teufel mit alldem.

Im Haus der Zwillingsschwestern erfährt er, dass Michail die beiden am frühen Morgen entdeckt hat. Alles weist auf erweiterten Suizid hin. Anscheinend hat eine der Schwestern, während die andere schlief, beschlossen, sich umzubringen, und eine Überdosis Tabletten geschluckt.

»Das werden sie kaum einvernehmlich gemacht haben, weil es nämlich Handgreiflichkeiten gab, während derer sie sich bis hierher bewegt haben, und dann hat die Eine der Anderen vier Messerstiche versetzt und sich dann selbst ins Herz gestochen. Was sie sich übrigens hätte sparen können – sie wäre sowieso ebenfalls gestorben.«

»Nimm eine Blutprobe«, sagt Koslow ruhig.

»Wozu?«, fragt Michail, der hinter ihm steht, verwundert.

»Mach mal, und dann fahren wir zu Pawlow. Wo ist er denn, im Krankenhaus?«

»Ja, Alexander Alexandrowitsch, aber sind Sie sicher, dass Sie da jetzt unbedingt hinmüssen?«

»Ja! Los, fahren wir.«

Eigentlich hat Koslow keinen anderen Anblick erwartet. Pawlow ist mit Handschellen am Bett fixiert.

»Gott noch mal, was glaubt ihr denn, wie er davonrennt?«

Ein flüchtiger Blick genügt, um zu erkennen, dass der Verdächtige in ernster gesundheitlicher Verfassung ist. Sein Gesicht ist ein blutiger Brei, die auf der Bettdecke liegenden Hände übersät von Hämatomen in allen Farben.

»Ihr seid aber gründlich, Mischa …«

»Wir haben ihn grade mal zehn Minuten allein in der Zelle vergessen, Alexander Alexandrowitsch, und da …«

»Schon klar, Mischa, ich lebe ja nicht hinterm Mond. Geht ihr mal …«

»Aber er kann doch jetzt sowieso …«

»Lasst uns allein!«

Koslow zieht einen maroden Stuhl heran. Bevor er sich hinsetzt, sieht er sich im Krankenzimmer um. Diese ganze Anstalt müsste umgehend geschlossen werden, aber er weiß schon, sie wird vor sich hin faulen, bis eines Tages die Decke einstürzt.

Nun setzt er sich zu Petja. Er fährt sich mit dem Handrücken über die Lippen, schnieft ein paarmal und fängt an zu sprechen.

»Guten Tag, Petja. Ich bin Alexander Alexandrowitsch Koslow, Ermittler in besonders wichtigen Fällen. Ich wurde aus Moskau hierher zu euch beordert.«

»Kchsch kchz«, röchelt Petja hilflos.

»Was meinen Sie, können Sie meine Fragen beantworten, oder soll ich lieber in ein paar Tagen wiederkommen?«

»Ksch-sch sm-ch …«

»Wissen Sie, was man Ihnen vorwirft?«

»J-ch …«

»Sind Sie informiert, dass die Gutachten, die uns vorliegen, keinen Zweifel darüber aufkommen lassen, dass Sie an den Schauplätzen der Suizide waren?«

»Kcht …«

»Können Sie mir erzählen, was Sie bei diesen Kindern gemacht haben?«

Aber Petja reagiert nicht mehr. Er hat die Lider

geschlossen, die, wie Koslow jetzt bemerkt, noch dazu verbrüht sind, und atmet schwer.

›Wahrscheinlich‹, denkt Koslow, ›kriegt er momentan überhaupt nichts mit. Wahrscheinlich hält er mich für einen Traum oder eine Halluzination.‹

Solange der Verdächtige in diesem Zustand ist, ist ein Gespräch sinnlos. Hierbleiben und warten, bis er sich erholt hat – ebenfalls.

›Bis dieser Pawlow wieder normal sprechen kann, vergeht eine Woche oder sogar zwei.‹

Koslow hat keine Lust, so lange hier herumzuhängen. Erstens ist der Fall rein formal ja gelöst – was den Ermittlern vorliegt, genügt, um den Mann zu verknacken. Zweitens stecken in der Innentasche seiner Daunenjacke zwei Eintrittskarten zu einem Lyrikabend – und er möchte endlich seine Frau wiedersehen. Und auch wenn ihm seine eigene Version besser gefällt, so hat sie doch, nüchtern betrachtet, keine Chance. Was Michail da zusammengebastelt hat, ist Mist, aber dem Gericht wird es genügen. Koslows Version ist kompliziert und involviert außerdem auch ihn selbst. Lieber würde er an die Version glauben, die der Revierinspektor ausgegraben hat, als diesen ganzen Rattenschwanz zu akzeptieren, der sich gestern vor ihm aufgefädelt hat.

Gerade hat er den Entschluss gefasst, nach Moskau zurückzufahren, da veranlasst ihn Petjas Röcheln, sich zu ihm umzudrehen.

Pawlow versucht mühevoll, sich im Bett aufzurichten, und winkt ihn mit einer schweren Handbewegung zu sich. Komplett mit Blut und Schleim beschmiert, sieht er abstoßend aus. Widerwillig macht Koslow ein paar Schritte auf ihn zu und erreicht, ohne es recht zu wollen, die Bettkante. Da packt ihn Petja im Nacken, zieht sich zu ihm hoch und flüstert ihm, gestockte Blutpartikel spuckend, ins Ohr:

»Wnd… wnn d…«

»Was?«

»Wenn … d… dselb… nch…«

»Hören Sie, Pawlow, ich verstehe nichts!«

»Wenn … d-du …«, flüstert Petja mit letzten Kräften, »wenn du dir nich… selb… helf… knnst – hilf einm andern …«

Als Koslow verstanden hat, was Petja sagen will, hält er inne. Die Worte treffen ihn mitten ins Herz. Sie beeindrucken ihn nicht weniger als diese ganze unfassbare Geschichte, die hier passiert ist. Petja lässt sich zurück in sein Kissen fallen, aber Koslow bleibt erst mal sitzen. Er hat eine Erkenntnis, eine sehr wichtige und tiefgreifende, die seine Vorstellung vom Leben, von allem, was geschieht, von seinem eigenen Schicksal und seinem Selbstmitleid von Grund auf verändert.

So bleiben die beiden lange beisammensitzen, zwei einander Fremde in maximaler Verbundenheit. Petja atmet schwer und scheint sogar ein wenig zu lächeln. Koslow sieht zum Fenster hinaus und raucht. Wie ein Specht klopft der Schmerz an sein Ohr, doch er bemerkt ihn nicht mehr. Im Gegenteil, er ist für diesen Schmerz dankbar, weil endlich alles seinen Platz einnimmt. Während er auf das neue Gutachten wartet, ist er ziemlich sicher, dass auch an dem Ort, an dem die Zwillingsschwestern umgebracht wurden, Pawlows DNA gefunden wird, und jetzt weiß er auch, warum …

Dreiundzwanzigster Gesang

Am Freitagmorgen bringen Gerichtsvollzieher die Reliquien des heiligen Athenogenes zum Gefängnis. Der Innenraum der kleinen Kapelle ist wie das Café Bastille mit Plastikblumen dekoriert. Der Priester, die Chorsänger und die Messdiener (alles Häftlinge, die nicht wegen Mordes verurteilt sind) warten drinnen. Begleitet von Gesang trägt der extra angereiste Bischof die Gebeine des heiligen Athenogenes in das Gotteshaus, gefolgt von seinem Sekretär, den Priestern und dem Beichtvater der Eparchie. Dahinter schreiten, stolz nach allen Seiten schielend, die Wohltäter: der neue Bürgermeister, die Stadträte und mit Hundeplaketten behangene Kosaken. Das Schlusslicht der Prozession bilden Revierinspektor Michail, Fortow und Koslow.

Der Reliquienschrein wird auf das Pult gestellt, dann beginnt die Zeremonie. Der Diakon hebt an: »Sprecht den Segen, o Heiligkeit!«, der Bischof stimmt ein: »Gepriesen sei unser Gott für alle Zeit, jetzt und immerdar und in Ewigkeit«, und der Chor ruft ein gedehntes »Amen«.

Während Psalmen und Gebete gesungen werden, treten die Häftlinge der Reihe nach an den Schrein heran und küssen ihn. Das dauert eine halbe Stunde, und am Schluss predigt der Bischof lehrreiche Worte. Die beglückten Gefangenen und Gäste hören aufmerksam zu, um dann zum feierlichen Teetrinken überzugehen. Aus den Lautsprechern ertönt Musik. Oleg Mitjajew singt:

Wie schön, dass wir alle heute beisammen
sind …

An der Festtafel kommt Koslow neben dem Bürgermeister zu sitzen. Das ist alles andere als Zufall, der Ortsvorsteher brennt darauf, den Stand der Ermittlungen zu erfahren. Zu seiner Überraschung hört er, dass der Fall abgeschlossen ist und Koslow und sein Kollege nach Moskau zurückkehren.

»So schnell?«

»Ja.«

»Heißt das, unser Michail hat gute Arbeit geleistet? Mir wurde ja schon berichtet, dass an allem ein gewisser Pawlow schuld ist.«

»Nein, Pawlow ist unschuldig«, antwortet Koslow.

»Tatsächlich?«, fragt der Bürgermeister. »Aber wer war es dann?«

»Das wird erst in Moskau entschieden.«

Als Michail das hört, senkt er den Blick, und Fortow verzieht das Gesicht. Der lokale Kriminalbeamte hat begriffen, dass ihm ein verhängnisvoller Fehler unterlaufen sein muss, während der Justizleutnant überhaupt nichts begriffen hat.

»Moskau ist natürlich unsere Hauptstadt«, setzt der Bürgermeister lächelnd fort, »aber was sollen wir nun davon halten, dass unsere Ermittler Pawlows DNA auf den Schauplätzen aller vier Suizide gefunden haben?«

»Gestern haben wir spätabends erfahren«, antwortet Koslow in aller Ruhe, während er sich erhebt, »dass Ihre Ermittler Pawlows DNA auch an der Todesstelle der Zwillingsschwestern gefunden haben. Und Michail wird doch sicher einsehen, dass Pawlow dort nicht gewesen sein konnte, wo er doch die ganze Woche in Untersuchungshaft saß ...«

»Aber wie konnte dann seine DNA dorthin gelangen?«

»Das ist genau das, wofür man in Moskau eine Erklärung fordern wird. In der Zwischenzeit möchte ich Ihnen ganz dringend empfehlen, für Pawlow die besten Ärzte zu engagieren, und be-

sorgen Sie ihm endlich ein vernünftiges Krankenzimmer!«

Nach diesem Appell verlässt Koslow den Tisch.

»Wo gehen Sie denn hin, Alexander Alexandrowitsch?«

Fortow macht Anstalten, ihm zu folgen.

»Ich muss jemanden sprechen.«

»Kann ich mitkommen?«

»Nein, Fortow, bleib sitzen, und trink deinen
Tee.«

Der Bürgermeister sieht mit dümmlicher Miene
die um den Tisch versammelten Ermittler an, der
Justizleutnant macht keinen Hehl aus seinem Un-
mut, und Michail hält den Blick noch immer ge-
senkt.

Begleitet vom Anstaltsleiter und einem Wächter
schreitet Koslow durch die strengen Korridore.
Alle Gefängnisse gleichen sich, denkt er: bleiche,
zweifarbig gestrichene Wände, von denen der Lack
abblättert, und der charakteristische Geruch nach
Sauerkraut, der in jedem russischen Knast in der
Luft hängt.

Nach wenigen Minuten gelangen sie zu einer
winzigen Betonzelle. Der ehemalige Bürgermeister
erwartet sie bereits. Auf den ersten Blick sieht
Koslow, dass Baumann stark abgemagert ist. Sein

Gesicht weist die typische Prägung auf, die jedem anhaftet, der mal gesessen hat.

»Sieh einer an ...«, brummelt Baumann.

»Tag, Arkadi.«

»Was gibt's?«

»Ich wollte Sie besuchen ...«

»Ach?«

»Es gibt was zu besprechen ...«

»Das mit den Bengeln?«

»Wie haben Sie das erraten?«

»War ja nicht schwer ...«

»Heißt das, Sie haben bereits verstanden?«

»Jawohl. Ich hab hin und her überlegt, dies und das in Betracht gezogen, aber als ich dann erfahren habe, dass du zu uns nach Ostrog kommst, da war mir alles klar ...«

»Komplett alles?«

»Na ja, was steht da noch in Zweifel? Ist doch ein Klacks! Man braucht nur statt dem X dich einzufügen, Genosse Ermittler, und schon ist der Fall gelöst.«

»Das heißt, Sie glauben auch, dass die ganze Schuld bei mir liegt?«

»Na ja, schwer zu sagen ... Ob die ganze oder nur die halbe ... Zurückholen wirst du diese Rotzlöffel jedenfalls nicht mehr! Also, was soll's? Aber wenn wir schon bei der Täterschaft sind und dich das wirklich interessiert, dann bin ich persönlich logischerweise der Meinung, dass es ohne dich nicht so gekommen wäre … Aber wozu erkläre ich dir das? Ich glaube, du weißt es selber ganz genau, sonst hättest du deinen Arsch nicht zu mir hereinbewegt …«

»Meinen Sie, ich soll das in meinen Bericht aufnehmen?«

»Was fragst du so blöd, Alexander Alexandrowitsch? Was soll der Scheiß? Du weißt doch, dass es mit einem Bericht nicht getan ist … Wer hätte denn ahnen können, dass es so endet? Und dir muss ich ja nicht erklären, dass niemand gegen sich selbst aussagen muss …«

»Wenn ich bloß hätte wissen können, dass es diese Wendung nehmen wird …«

»Genau! Niemand konnte das wissen … Wozu den ganzen Dreck jetzt noch mal aufwühlen? Ich hab es gut gemeint, du hast es gut gemeint, hast wahrscheinlich gedacht, du vollbringst eine große Tat, obwohl ich da so meine Zweifel habe … Verbuchen wir halt diese Rotzlöffel als Kollateralschaden deines Berufs …«, schlägt Baumann boshaft grinsend vor.

»Ich wollte Sie etwas fragen«, sagt Koslow und überhört den Affront, »aber antworten Sie mir ehrlich, ja?«

»Ehrlich währt am längsten …«

»Weshalb haben Sie das gemacht?«

»Was denn genau?«

»Warum haben Sie die Kinder ans Meer ge-schickt?«

»Ach, das meinst du! Willst also doch tiefer boh-ren? Tja, bei dir darf man eben nicht vergessen, dass du eine Ratte bist, bist dran gewöhnt, die Schuld auf andere zu schieben! Wozu ich das gemacht habe? Ich wollte Gutes tun, stell dir das mal vor! Geht so was rein in deinen Bullenschädel?«

»Ging es Ihnen nicht vielmehr um Wählerstim-men?«

»So ein Blödsinn! Was für Wählerstimmen? Du willst einfach nicht zugeben, Alexander Alexan-drowitsch, dass du eine Mitschuld trägst! Hab ich recht? Hör mal, ich hätte diese Wahlen damals so oder so gewonnen. Das hiesige Volk liebt mich, die lieben mich wirklich. Ich bin einer von ihnen, ich kenne diesen Flecken in- und auswendig, ich bin hier zu Hause. Aber das weißt du ja selbst, sonst hätten sie nicht dich aus Moskau holen müssen, um mich einzusperren. Der Urlaub am Meer für die Kinder hat mir politisch nichts eingebracht, das hab ich aus freien Stücken gemacht, ohne jegliche Hintergedanken. Ich hatte plötzlich so eine Einge-bung, verstehst du? In Griechenland. Ich war ein paar Tage auf Tapetenwechsel, mal raus aus der ganzen Kacke hier, und dann sitze ich da so auf meiner Yacht, blicke aufs Meer, schöne Musik, Wodka, Mädels, alles da, und plötzlich denke ich: Wieso zum Geier sitz ich hier, Mann, und diese Kinder, die ich kürzlich in ihrem versifften Heim besucht habe, dürfen das nicht? Wieso kann ich mir das erlauben, und sie nicht? Also hab ich mir gesagt: Bring sie doch einfach her. Und das hab ich getan! Verstehst du, Chef? Ich hab sie einfach hergebracht! Das ist alles, da gibt's keine bösen Pläne und kein Kalkül dahinter. Ich hab einen Flieger gechartert, hab Pässe und Visa besorgt für die Kids, hab ein ganzes Hotel angemietet …«

»Aber was mit den Kindern passiert, wenn sie zurück sind, das haben Sie nicht bedacht?«

»Wieso hätte ich das bedenken sollen?«

»Weil Wohltätigkeit und Liebe nun mal keine Einwegprodukte sind!«

»Ach, tatsächlich! Und woher hätte ich wissen sollen, dass ihr Ratten mich einlocht?«

»Als ob Sie sie nach der Wahl noch mal ans Meer geschickt hätten!«

»Gute Frage! Eine Frage mit oberster Priorität, Genosse Ermittler. Ehrlich gesagt hab ich mir das damals nicht überlegt, aber ich glaube schon, dass ich es durchaus noch mal getan hätte. Als ich bereits in U-Haft saß, rief mich die Heimleiterin an und fragte mich: Wie sieht's aus mit dem Meer dieses Jahr? Und ich wäre bereit gewesen, noch mal zu helfen, aber meine Konten waren schon gesperrt, ein Hoch auf eure Zunft. Und deswegen, Alexander Alexandrowitsch, bin ich aus dem Schneider! Und du Hurensohn wirst damit irgendwie leben müssen …«

Koslow sagt nichts mehr. Er wendet sich ab und blickt in den vergitterten Himmel. Aus dem Augenwinkel sieht er den Ex-Bürgermeister immer noch grinsen. Sein Grinsen ist eigentlich nicht boshaft, eher, als habe er gerade begriffen, was für Streiche das Leben spielen kann. Baumann sieht einen Bumerang, den der Ermittler einst geworfen hat und der ihm jetzt mitten in die Fresse geflogen ist. Ob ihn das freut? Wenn er alle Für und Wider abwägt, natürlich nicht. Was können denn die Kinder dafür?

›Dieser Koslow‹, überlegt Arkadi, ›hat's natürlich verdient, dass ihm das Leben auch mal einen Strich durch die Rechnung macht, aber doch nicht so …‹

»Weißt du was, Alexander Alexandrowitsch, so rein menschlich gesehen tust du mir sogar ein bisschen leid. Wie geht das immer in den Hollywoodfilmen? Der Täter kehrt irgendwann an den Tatort zurück? Ein echter Zaubertrick, findest du nicht auch? Du bist wieder da! Lass mal hören, wie ist es denn so, eine Selbstmordserie aufzudröseln, die man selber angezettelt hat?«

»Werden Sie hier gut behandelt?«, fragt Koslow plötzlich, um dieser Frage auszuweichen.

»Es geht, ich kann nicht klagen ...«

»Dann ist's ja gut ... Ich geh dann mal wieder ...«

»Ja, hau ab, zieh Leine!«

Draußen auf der Straße holt Koslow aus seiner Jackentasche eine Zigarettenschachtel, die aber leer ist. Hinter ihm das Gefängnis. Das Bild, das sich gestern Abend in seinem Kopf festgesetzt hat, drückt ihm die Luft ab. Sonderbare Geschichte. Baumann hat recht: Als er sich auf den Weg nach Ostrog machte, hätte er alles eher erwartet, als an den Schauplatz einer Tragödie zu reisen, die er selbst in Gang gesetzt hat.

Vierundzwanzigster Gesang

Beim Kofferpacken versucht Koslow, sich den Weg vom Flughafen ins Moskauer Zentrum vorzustellen. Alle paar Meter eine Ampel, kilometerweiter Stau, Kolonnen von Autos, auf deren vorderen Sitzen Eheleute, die Nasen in den Displays, schweigend vor sich hin warten, während ihre Kinder auf den Rückbänken ebenso schweigend zum Fenster hinausstarren. Eine Epidemie der Einsamkeit. Er denkt an die Hochhäuser, die dastehen wie Dominosteine, an seinen mit der Werbung verschiedener WLAN-Anbieter zugepflasterten Hauseingang und den dreckigen, schmalen Lift. Gedanklich kehrt er schon jetzt in seine Mietwohnung zurück und nimmt sich vor, sich ordentlich mit Krimiserien einzudecken. Sind nicht genau solche einsamen, unglücklichen Menschen wie er die Zielgruppe dieser multiplen Mördergeschichten?

Koslow gibt den Schlüssel mit dem hölzernen Anhänger zurück, verlässt ohne jeden Abschiedsschmerz das Wohnheim und setzt sich in den bereits wartenden Clio. Das Auto vollzieht eine Kehrtwende.

Nach ein paar Kilometern bleiben sie abrupt stehen. Wie am ersten Tag drückt Michail das Bremspedal durch, und wie am ersten Tag ist der Grund dafür ein Teenager: Vor der Motorhaube steht ganz verschüchtert das schwangere Mädchen aus dem Waisenheim und versperrt ihnen den Weg. Michail hupt und flucht, doch Koslow beschwichtigt ihn.

»Lass gut sein«, sagt er sanft. »Ich übernehme das ...«

Er steigt aus, schließt den Reißverschluss seiner Daunenjacke und geht auf das Mädchen zu:

»Was machst du hier?«

»Nehmen Sie mich mit nach Moskau!«

»Was redest du da?«

»Nehmen Sie mich mit! Wenn Sie mich nicht mitnehmen, wird es keiner je tun! Nehmen Sie mich mit, sonst bringe ich es um!«

»Hör mal, das geht nicht. Ich hab selber Frau und Kind ...«

»Ihre Frau ist weg, das wissen doch alle!«

»Aber wie soll ich dich dann adoptieren?«

»Dafür braucht man keine Frau! Das können Sie auch ganz alleine, ist legal!«

»Hör mal, ich kann doch kein schwangeres Mädel adoptieren ... Sieh dich doch an ...«

»Können Sie wohl!«

»Nein, kann ich nicht! Reiß dich einfach zusammen, dann wird schon alles gut …«

»Nehmen Sie mich mit nach Moskau!«, fordert das Mädchen harsch, mit beiden Händen an seine Ärmel geklammert.

»Lass diesen Blödsinn! Ich sag dir doch, ich kann nicht …«

»Wenn Sie wegfahren, springe ich auch! Und hinterlasse einen Brief, da schreibe ich rein, dass an allem Sie schuld sind!«

»Bin ich doch sowieso …«

Es schneit. Die Scheibenwischer quietschen. Vom Auto aus, beide Hände am Lenkrad, beobachtet Michail neugierig die Szene. Genauso wie Fortow.

»Was reden die?«

»Die Schnecke will anscheinend, dass San Sanytsch sie nach Moskau mitnimmt.«

»Vergiss es! Das macht der nie!«

Koslow löst den Griff des Mädchens und sagt ruhig:

»Na gut, steig ein.«

»Echt?«

»Ja, rein mit dir, hab ich gesagt!«

Das Mädchen klettert auf den Rücksitz, Koslow steigt vorne ein und gibt Michail schweigend zu verstehen, er solle zum Kinderheim fahren. Als das Mädchen dies von den Gesichtern der Männer abliest, fängt sie sofort zu brüllen an:

»Nein, bitte nicht ins Heim, bloß nicht!«

In diesem Moment schaltet sich Fortow ein. Er packt das Mädchen am Handgelenk und befiehlt ihr, still zu sitzen.

»Hör auf zu kreischen! Beim Vögeln, da hättest du schreien sollen!«

Nicht einmal jetzt dreht Koslow sich um, er blickt auch nicht in den Rückspiegel. Er ist dem Leutnant sogar dankbar dafür, dass er endlich einmal erwachsen auftritt.

Sie fahren den verschneiten toten Wald entlang zurück. Passieren den Zaun des Gefängnisses, biegen ab bei dem rostigen Wegweiser und fahren weiter über vereisten Rollsplitt. Das Mädchen bettelt immer noch darum, nach Moskau mitfahren zu dürfen, doch jedes Mal, wenn sie auch nur den Mund aufmacht, drückt Fortow ihr Handgelenk fester.

Sie fahren an schneebedeckten Skeletten liegen gebliebener Mähdrescher und löchriger Fässer vorüber, am Steinbruch, an der Müllhalde und an einem aufgegebenen Kuhstall. Sie umfahren einen

Teich, einen Brunnen, eine Schweinefarm und das Postamt, in dem nur selten Briefe ankommen.

Vor dem Waisenhaus steigen nur Michail, das Mädchen und Fortow aus dem Auto. Koslow bleibt sitzen. Männersolidarität. Weil sie ahnen, dass diese kindliche Erpressung für den Ermittler nicht so lustig ist, übernehmen es die Kollegen, das Mädchen von beiden Seiten untergefasst ins Haus zu zerren und nach einem Verantwortlichen zu fragen.

»Vielleicht einen Arzt?«, schlägt die Portierin dienstfrig vor, aber nicht, weil sie sich Sorgen um das Mädchen macht, sondern weil sie die Ermittler erkennt.

»Aber nein, sie soll sich nur mal ausruhen. Ist total erschöpft.«

Sie übergeben das Mädchen der Alten und tragen ihr auf, sie bloß nicht aus den Augen zu lassen.

Eine Minute später fahren sie wieder los. Jeder hängt seinen Gedanken nach. Den Blick auf die Fahrbahn gerichtet, fühlt Michail eine regelrechte Traurigkeit. Er ist ein wenig betrübt, dass die Geschichte ihrem Ende zugeht. Er weiß nicht, ob sich noch weitere Kinder umbringen werden, aber etwas lässt ihn hoffen, dass diese Suizide mit Koslows Abreise ein Ende haben. Einerseits ist das natürlich positiv, andererseits nimmt es ihm jede Möglichkeit zur Revanche. Vor ihm liegen jetzt nur mehr Katzenjammer, überdosierte Alltagsroutine und ein Leben wie ein Hühnerauge.

›Das Spiel ist gelaufen‹, denkt Michail betrübt.

Finaler Spielstand 2:0. Wieder hat dieser Moskauer Hurensohn gesiegt. Und Michail wird hier zurückbleiben, mutterseelenallein. Der Freund wird kein weiteres Mal kommen, und er fragt sich, ob er ihm gestehen soll, wie sehr er ihn vermissen wird.

Die Tribünen sind leer, die Scheinwerfer erloschen. Die Tornetze werden weggepackt, und auf dem Rasen liegt weit und breit kein Ball.

›So spannend wird's nie mehr‹, denkt Michail. Er hebt den Blick und sieht am Himmel ein Flugzeug, das einen langen Gedankenstrich zieht. Nein, das sieht er nicht, denn in Ostrog ist es bereits dunkel.

Als ihn der Revierinspektor auf dem Flughafen freundschaftlich umarmt, spürt Koslow, dass dieser ihm nicht mehr böse ist. Und dass er selbst nie mehr hierherkommen wird.

Ohne auf der Bordkarte nachzusehen, setzt Koslow sich im Flugzeug auf den Fensterplatz, reibt sich die Nase und will schon die Augen schließen, als Fortow sich doch noch ein Herz fasst und ihn anspricht:

»Hören Sie mal, Alexander Alexandrowitsch, ich weiß sehr gut, was Sie von mir halten, und habe eine relativ genaue Vorstellung davon, wie Sie meine geistigen Fähigkeiten einschätzen, aber kann ich Sie trotzdem was fragen?«

»Nur zu, Fortow ...«, antwortet Koslow, ohne die Augen zu öffnen, mit gerunzelter Stirn und in eigene Gedanken versunken.

»Heißt das also, wir werden keine Anklage erheben?«

»Was weiß ich ...«

»Wieso?«

»Weil uns das nichts mehr angeht.«

Mehr reden sie nicht. Fortow steht auf und geht zum Heck des Flugzeugs, wo Agata sitzt. Dieser Koslow ist irgendwie ein Sonderling, aber sie ist nett, mit ihr hat er mehr Spaß.

Erst bei der Gepäckausgabe auf dem Flughafen Domodedowo klopft Koslow seinem Begleiter auf die Schulter und sagt:

»Gut gemacht, Fortow, hast dich wacker gehalten. Sag deinem Papa, er kann stolz auf dich sein!«

»Ich hab gar keinen Vater ... Ich wohne von klein auf bei meinem Onkel ...«, sagt Fortow beleidigt und schnappt seinen Koffer.

Nach diesem Abschied gibt es auf dem Parkplatz

noch eine letzte Begegnung. Ihre Taxis treffen gleichzeitig ein: ein billiger Koreaner für Koslow, ein Mercedes für Fortow und Agata. Sie fahren hintereinander wie im Korso. Die ganze Fahrt über sieht Koslow zum Fenster hinaus und hört Radio. Fortow und seine Freundin tun dasselbe, und in beiden Autos singt Andrej Makarewitsch:

> Wie leicht denkst du, zu schwach zu sein,
> Um die Welt zu verändern.
> Wie leicht holst du deine Flagge ein
> Und öffnest das Tor …

> Wie leicht ist das Wissen, du stehst abseits
> Und kannst nichts dafür.
> Sollen andere doch den Krieg gewinnen
> Und die Brücken zerstören …

Fortow schließt die Tür auf und sieht sich froh in seiner Wohnung um, die ihm jetzt sehr stilvoll vorkommt. Er ertappt sich bei dem Gedanken, in einer anderen Zeit gelandet zu sein. Das hier ist weder Vergangenheit noch Gegenwart, es herrscht bereits die strahlende Zukunft. Die Fenster auf den Zwetnoj-Boulevard – ein entzückender Ausblick. Auch der Puls dieser Stadt hat es ihm angetan. Zur Feier seiner Rückkehr beschließt er, ein Bad zu nehmen und dann auszugehen, in irgendein gutes, gediegenes Restaurant.

Er schenkt eisgekühlten Champagner in Gläser und aktiviert mit zweimal Klatschen (Smart-Home-Technik) die Musik. Jazz erklingt, eine sanfte, gemächliche Klaviermelodie. Als der Whirlpool voll ist, steigt er hinein zu Agata und entspannt sich. Wie gut, dass das endlich vorbei ist, denkt er. Heute will er sich eine Auszeit nehmen und gleich morgen den Onkel um Versetzung bitten – dieser Beruf ist doch nicht das Richtige für ihn. Showbusiness oder sogar Film, beides kann er sich gut vorstellen. Andererseits: Jetzt, wo er sein Land so gründlich und tiefgreifend kennengelernt hat, würde er es wahrscheinlich auch als Politiker weit bringen. Er lächelt, denn er weiß: Seine Perspektiven sind fantastisch, und die Zukunft liegt hier, im großartigen Moskau.

»Lass uns auf unsere Rückkehr anstoßen, Agata, meine Liebe!«

Epilog

In Ostrog herrschen immer noch Frost und Schnee. Der Horizont löst sich in absolutem Weiß auf, und leise, leise, von Erde und Himmel nicht zu trennen, singt jemand (gut möglich, dass es der ehemalige Bürgermeister ist) ein Loblied auf die Leere. Das Leben geht weiter, es nimmt seinen Lauf. Bei der nächsten Kontrolle verkündet die schwangere Waisenheimbewohnerin den Ärzten, dass sie ihr Baby weggeben will.

»Wieso?«

»Weil ich erst mal das Leben genießen will. Wenn ich Fuß gefasst habe, dann hole ich es mir.«

»Bring es erst mal zur Welt, dann gib's weg«, sagen die Ärzte.

Ins Ostroger Kinderheim strömen aus dem ganzen Land engagierte Pflegepapas und -mamas in spe. Emotionsgeladene, impulsive Naturen, Bürger mit großen Herzen, die sich in einer langen Schlange anstellen, um im Eilverfahren wenigstens eins dieser Kinder aus Ostrog zu adoptieren. Die Heimleiterin beobachtet das Geschehen mit einem zufriedenen Lächeln und denkt, dass sie von so einem Andrang nicht zu träumen gewagt hätte – eine bessere Werbung als vier Suizide konnte es gar nicht geben.

Jeden Tag wiederholt sich jetzt dasselbe Spektakel. Die Kinder kommen der Reihe nach in das kleine Zimmer, in dem bereits die Jury sitzt, und führen alles vor, was sie können. Sie nehmen Buntstifte zur Hand und zeichnen so schnell, als wären sie bei den Delphischen Spielen. Meistens ein Bild von Mama und Papa. Dann legen sie das Papier beiseite und modellieren aus Plastilin Wellen, Palmen und Sonnen, die kein Mensch brauchen kann. Darauf folgen tollpatschige Tänze, Volkslieder, Gedichte und verkrampfte Versuche, Beethovens *Für Elise* vorzuspielen. Sie fallen auf ein Knie, um zu demonstrieren, wie schnell sie Schnürsenkel binden können, und stehen sogleich wieder stramm, um den potenziellen Eltern auf Kommando der Erzieherin vorzuführen, in was für einer Windeseile sie Jacke, Mütze, Schal und Handschuhe anziehen. Am Waschbecken, das die Eltern noch gar nicht bemerkt haben, waschen die Kinder einen ohnehin blitzblanken Teller sauber, trocknen ihn ab und falten sorgfältig das Geschirrtuch zusammen. All das geschieht meist in absoluter Stille, und wenn das

Kind mit der ersten Runde fertig ist, beginnen sie, mit ihm zu sprechen. Oft antworten die Kinder, die bei solchen Tragikomödien mitspielen, nur widerwillig, weil sie genau wissen, wenn jemand Glück hat, dann sicher nicht sie. Am Schluss stellt die Pädagogin das Kind vor die Tür, und die Direktorin fragt:

»Na, und wie gefällt Ihnen der Kleine?«

»Sieht ja ganz kernig aus«, antworten Petjas ehemalige Pflegeeltern.

Koslows Vorgesetzter hört ihm zu, wirft einen Blick in die Papiere, schiebt die Brille bis ganz auf die Nasenspitze und hebt den Blick:

»Nun gut, San Sanytsch, das ist mir zu hoch. Erzähl mir doch lieber selbst, was da drinsteht. Die DNA von diesem Pawlow ist am Schauplatz jedes Suizids gefunden worden, er hat ein Geständnis abgelegt, aber dann habt ihr seine DNA auch an einem Tatort gefunden, wo er, sehe ich das richtig, nicht hatte gewesen sein können? Wie soll das alles zusammenpassen?«

»Stimmt alles. Es war nämlich so: Der dortige Bürgermeister Baumann hat eines Tages beschlossen, Gutes zu tun, indem er die Waisenkinder ans Meer schickt. Wo sie alle glücklich waren, aber als die Kinder zurück waren, wurden sie vom Alltag überrollt. Einen Monat oder zwei schafften sie es noch irgendwie, aber dann begannen die Fluchtversuche. Jeder woandershin, der Eine wollte ans Meer, die Andere einfach raus aus der Stadt. Wer versuchte abzuhauen, wurde von den Erziehern zur psychiatrischen Zwangsbehandlung geschickt. Die Kinder verbrachten Monate im Krankenhaus und wurden täglich mit Aminazin niedergespritzt, das in ganz Europa verboten ist, bei uns aber nicht. Zurück ins Heim kehrten sie nicht nur mit verkrüppelter Psyche, sondern auch mit Befunden, laut denen sie sofort nach der Entlassung aus dem Waisenhaus in ein Psychoneurologisches Internat einzuweisen seien. Und doch hatten sie Hoffnung – alle träumten vom Meer. Das ganze Jahr warteten sie darauf, dass der Urlaub sich wiederhole … Als sie dann erfuhren, dass Baumann im Gefängnis sitzt und sie das Meer nie wiedersehen werden, gab es zuerst noch mehr Fluchtversuche, und dann begannen die Suizide …«

»Und was ist mit diesem Pawlow? Was hat das zu bedeuten, dass er an den Schauplätzen der Suizide war?«

»War er nicht …«

»Aber es wurde doch überall seine DNA gefunden!«

»Ja, aber keiner ist auf die Idee gekommen, dass

sie von der Kripo erst angeschleppt wurde. Eine ähnliche Geschichte gab es einmal in Deutschland. Keiner hat daran gedacht, dass dieser Pawlow in der Zelluloseverarbeitung angestellt war. Wahrscheinlich hat er in seiner Zerstreutheit manchmal vergessen, Handschuhe anzuziehen – keine Ahnung, irgendwie so, jedenfalls enthielten die Wattestäbchen, die die Beamten benutzten, von Haus aus Spuren seiner DNA. Bei keinem einzigen Suizid war er dabei. Das Geständnis wurde einfach aus ihm herausgeprügelt.«

»Heißt das, es gibt keinen, den wir einsperren können?«

Koslow hat diese Frage erwartet, und doch denkt er einen Moment lang nach. Er betrachtet sein Bild in dem Spiegel, der genau ihm gegenüberhängt, holt tief Luft und sagt:

»N-nein … Höchstens das Meer …«

»Ach komm, San Sanytsch … Dafür hab ich dich nicht dahin beordert … Aber schon gut, ich muss mir das mal durch den Kopf gehen lassen … und überlegen, was wir daraus machen!«

»Kann ich mir eine Woche Urlaub nehmen?«

»Ja klar, füll einen Schein aus, und mach, dass du fortkommst!«

Draußen auf dem Parkplatz zündet Koslow sich

eine Zigarette an, wählt die Nummer seiner Frau und teilt ihr mit, dass er für eine Weile verreist.

»Und deine Arbeit?«

»Hab mir freigenommen. Aber ich würde gern vor der Abreise Assja noch mal sehen …«

»Das trifft sich gut, ich habe sowieso am Abend etwas Wichtiges vor.«

Mit seiner Tochter geht Koslow ins Einkaufszentrum. Nach dieser Woche in Ostrog ist ihm danach, ihr die ganze Welt zu kaufen. Während die Kleine sich eine Puppe aussucht, sieht er den Leuten zu, wie sie in ihre Handys starren. Als die sehnlichsten Wünsche erfüllt sind, schlägt er vor, ein Eis essen zu gehen, und die kleine Assja willigt freudig ein. Sie entscheiden sich für Vanille, Karamell und Pistazie. Jeder drei Kugeln. Sie setzen sich zum großen Aquarium und sehen direkt daneben Dana stehen. Koslow bemerkt sie als Erster und hofft noch einen Moment lang, dass die Kleine sie nicht erkennt, aber kaum eine Sekunde später fängt seine Tochter zu jubeln an – was für ein Zufall!

»Pssst, Assja, komm, wir wollen die Mama nicht stören … Sag mir mal lieber: Schmeckt's dir?«

»Ja!«

»Mir auch …«

»Papa, wieso küsst die Mama diesen Onkel da?«

»Iss dein Eis, meine Süße, sonst schmilzt es …«
»Ist dieser Onkel jetzt statt dir?«

Koslow streicht seinem Kind über die Wange und findet, dass ihm das Karamelleis besser schmeckt als Pistazie. Er nimmt einen Schluck Cola und lässt das kalte Getränk in seinem Mund sprudeln. Assja lacht, und Koslow spürt Tausende winzige Bläschen auf seiner Zunge prickeln. Und ein heftiges Stechen im Herzen.

Die Kleine umarmt ihren Papa. Koslow lächelt vor Schmerz und denkt daran, wie vor vielen Jahren in Griechenland die Bläschen genauso geprickelt haben.

Am Abend gibt er seine Tochter ab, fragt seine Frau, ob sie ihr wichtiges Vorhaben erfolgreich erledigt habe, und beschließt, heute nicht mehr in seine Mietwohnung zu fahren. Er steigt in sein Auto und macht sich auf die Reise zu dem kleinen Dorf am See in der Nähe von Sortawala, um zum ersten Mal seit langer Zeit zu Hause einzuschlafen.

Liste von Fragen zum Roman »Der Schatten einer offenen Tür« für den Unterricht an mittleren Schulen, Fachschulen und Hochschulen

1. *Wie hieß das Mädchen, das sich die Venen aufschnitt?*
2. *Wird der Bürgermeister von Ostrog die Zeitkapsel öffnen und die Botschaft an die künftigen Generationen lesen?*
3. *Warum spricht Petja sich von Anfang an gegen die Reise nach Griechenland aus?*
4. *Wird er überleben?*
5. *Wird er verurteilt?*
6. *Ist Koslow schuldig?*
7. *Was sind die Folgen guter Taten?*
8. *Wo endet das Meer?*
9. *Und wird es immer so sein?*

Postskriptum

In dem kleinen karelischen Dorf, wo der Herbst
zu Ende geht und diese Geschichte, fällt, wie ihr
euch bestimmt erinnern könnt, seit dem frühen
Morgen Schnee. Tatsächlich starrt Alexander auf
das Papier, greift aber nicht zum Bleistift. Im Haus
ist es wirklich still, und die alte Mutter gießt auch
die Blumen, nur was der Vater bastelt, ist ein Mo-
saik.

Alexander geht hinaus und steuert tatsächlich
auf den See zu, an dessen Ufer er plötzlich einen
einsamen, auf dem Trockenen sitzenden Schwan
bemerkt. Ein paar Minuten mustert er den Vogel
aufmerksam, dann holt er langsam seinen Revolver
aus der Jackentasche, und über dem Wald ertönt
das Echo eines Schusses …

… Wie im Zirkus, im Theater oder im Bühnensaal
des Konservatoriums nehmen die Strandgäste ihre
Plätze ein. Jeden Abend kommen sie hierher, um
zuzusehen, wie der Stern verschwindet. Die Sonne

färbt die vorüberziehenden Wolken in der Farbe ihres Untergangs und rollt hinter den Horizont wie hinter eine Sockelleiste. Die Feuerscheibe verabschiedet sich, und diese unvergessliche Vorstellung verleiht Einheimischen und Touristen allabendlich ein frohes, geborgenes und warmes Gefühl. Zum Dank für das Spektakel ergießt sich Applaus die Küste entlang, und der Gemeindebedienstete, der für die Sauberkeit am Strand sorgt, lächelt traurig dem davonrollenden roten Rad nach. Während er in seinem grünen Traktor langsam das flüsternde Wasser entlangfährt, um mit einem speziellen Netz die rund um die Mülleimer liegenden Plastikbecher einzusammeln, geht ihm eine Kindergruppe aus Russland durch den Kopf, die vor ein paar Jahren hier zu Gast war. Im Gedächtnis geht er ihre Gesichter durch und erinnert sich, wie ergriffen diese Kinder waren. Anders als die anderen Touristen, von denen viele mehrmals im Jahr solche Ferien genießen, starrten die kleinen Russen wie gebannt auf das Meer. Endlich drücken die dicken Profile eine Schlaufe in den Sand, der Traktorfahrer ist am Ende des Strandes angelangt, wendet und fährt in die entgegengesetzte Richtung weiter, wobei er sich, zwecks Ablenkung von seiner monotonen Arbeit, vorzustellen versucht, was wohl aus diesen Kindern geworden ist …

… Als sie die Bühne betritt, registriert die junge, aber schon richtig berühmte Lyrikerin, dass der Saal vollbesetzt ist. Sie geht zum Mikrofon, lächelt, grüßt. Sie wartet, bis der Applaus heranrollt und an der Bühnenkante bricht, und äußert die Vermutung, dass sie jetzt wohl beginnen könne.

Das Publikum lacht, würdigt ihren Witz, und als eine weitere aus einem einfachen Scherz geborene Welle ihre Füße umspült, fängt sie an zu rezitieren.

Als Erstes ein Gedicht über siamesische Zwillinge. Sie nimmt dafür eine Portion gebührender Begeisterung entgegen, dann lässt sie ihren Blick durch den Saal wandern und stellt fest, dass zwei Plätze mitten im Parterre leer sind. Die besten Plätze, Reihe sieben. Solche werden immer für sehr wichtige Personen reserviert: für den Theaterdirektor oder seine Geliebte, für den Premierminister oder irgendeinen Geheimagenten.

›Wichtige Leute kommen immer zu spät‹, denkt die junge Lyrikerin und trägt weiter vor.

Gedichte für Kinder und über Bossa nova, vom Traumprinzen und vom April, über dicke Jungs und das Glück, aber in den Pausen, in denen der Beifall immer mehr wird und sich zum Fortissimo steigert, muss sie jetzt immer an die zwei leeren Plätze denken. Sie fragt sich, was das wohl für ein Paar sein mag, das nicht gekommen ist. Wer sind diese Leute? Was arbeiten sie? Wie alt sind sie? Sind sie nicht da, weil sie im Stau stecken, oder haben sie es sich anders überlegt? Ist er Politiker oder Priester, Staatsanwalt oder einfach ein Student, der seine Flamme beeindrucken wollte?

Wie dem auch sei, nach mehreren bekannten und sogar berühmten Gedichten überblickt die junge Frau abermals den Saal, tritt ganz nah ans Mikrofon und rezitiert:

Unser Land ist weit, überreich,
unermesslich sakral,
was haben wir viele Kieferbrechereien,
altehrwürdige Herzzerreißereien.
Vor dem Reisenden liegt, mal schwarz und
    rostig,
mal industriell noch unerschlossen
der ganze Horizont voll Schlächtereien
und Verräterschindereien.
Bei uns ist ein jeder geimpft, betäubt,
restlos ergeben der Obrigkeit,
das schallt aus jedem Glockengeläut,
aus all der Siegessicherheit.
Mit sirenensüßer Stimme
und schön wie Stalin
regiert uns einer, der allmächtig
und ideal ist.

Vor Begeisterung fluchen wir nicht mehr,
wir ficken nicht, rauchen nicht,
nur am Wochenende zum Geldautomaten
lassen sie uns aus den Vollzugsanstalten.
Fraglos und ohne Widerrede basteln
unsere Kinder, unser aller Freudenquelle,
aus ideologischen Klammern
Modelle der Hölle.
So, wie uns die Wärter abschreiten,
wachsam, in voller Montur,
kommen wohl bald wieder große Zeiten
für Film und Literatur.

Zitatnachweis

S. 48: Zitat aus dem Song *Флаг над замком / Flagge über dem Schloss* der Band Maschina wremeni. Text: Andrej Makarewitsch. Aus dem Album: *Это было так давно*, aufgenommen 1978 / veröffentlicht 1993, Sintez Records. Übersetzung von Ruth Altenhofer.

S. 64: Zitat aus dem Song *Позови меня / Rufe mich* von Kristina Orbakajte. Text: Wassili Bogatyrew. Aus dem Album: *Верность*, ROM Ltd., 1994. Übersetzung von Ruth Altenhofer.

S. 160 f.: Zitat aus dem Song *Чайка / Möwe* der Band Pussy Riot. Song aufgenommen 2015 in Los Angeles, Clip 2016 in Moskau gedreht und auf dem Pussy-Riot-Youtube-Kanal veröffentlicht. Übersetzung von Ruth Altenhofer.

S. 178: Zitat aus dem Song *Городок / Städtchen* von Anschelika Warum. Text: Kirill Krastoschewski. Aus dem Album: *Ля-ля-фа*, Jeff Records 1993. Übersetzung von Ruth Altenhofer.

S. 217: Zitat aus dem Song *Ручки / Hände* der Band Virus! Text: Olga Lucky. Aus dem Album: *Ты меня не ищи*, Extraphone 1999. Übersetzung von Ruth Altenhofer.

S. 227: Zitat aus dem Song *Разговор со счастьем / Gespräch mit dem Glück* aus dem Film: *Иван Васильевич меняет профессию / Iwan Wassiljewitsch wechselt den Beruf,* Mosfilm 1973. Text: Leonid Derbenew. Übersetzung von Ruth Altenhofer.

S. 238: Zitat aus dem Song *Как здорово / Wie wunderbar* von Oleg Mitjajew. Text: Oleg Mitjajew. Aus dem Album: *Давай с тобой поговорим,* Melodija 1990. Übersetzung von Ruth Altenhofer.

S. 267 f.: Zitat aus dem Text *Край у нас широк … / Unser Land ist weit …* von Wera Poloskowa, geschrieben 2014 und erschienen im Band *Работа горя,* Livebook, Moskau 2021. Übersetzung von Ruth Altenhofer.